U0008028

GOBOOKS & SITAK GROUP©

致青春 106

不二之臣

（中）

不止是顆菜　著

高寶書版集團

目錄
CONTENTS

第九章

窗外蜜色夕陽越來越低，岑森站在病床前，身影倒是被拉得越來越長。

季明舒先是懵了幾秒，等回味過來岑森那兩個字的意思，她一顆懸在崖邊的心驀地被拉了回來，冰涼手腳也逐漸回溫。

可再看岑森表情，不知怎地總覺得，有種居高臨下的嘲諷感。

她默默拉高被子，想要遮住腦袋。

奈何一隻手還在打點滴，被子邊緣絆到輸液管，進而碰動針頭，她龜縮行動沒能成功，還忍不住輕嘶一聲，抽了口氣。

岑森安靜地看著她，神色疏淡，見她半天沒能理開輸液管，才上前拉開被子，扶穩點滴支架，而後著又不急不緩地按了下自動升降按鈕，讓她上半身可以半坐起來。

岑森：「先吃點東西。」

季明舒循著他的視線看向床頭櫃，才發現上面擱了保溫桶和病歷。

她拿起病歷掃了眼，專業術語看不懂，但「低血糖」這三個字還是很一目了然的。

「……」

所以她還真是餓暈的，怎麼覺得也沒比癌症合理到哪裡去呢。

季明舒垂著眼，稍頓片刻，又僵硬地放下了薄紙。

真是太丟臉了！

這間病房很大，還有一面視野寬敞的落地窗，可因兩人的靜默，空氣似乎也變得逼仄又尷尬。

季明舒像個做錯事乖乖認錯的小寶寶，兩隻手都搭在平坦的肚肚上，輕輕摳著指甲，全程都沒再抬頭和岑森對視。

偏偏今日，岑森也不像往常那般沒耐心，還升起床上桌板，倒粥，試溫，離十成十的模範丈夫只差親身上陣哄餵這一步操作了。

這和季明舒想像中的她醒了他就邊接電話邊回公司完全不一樣，一時指甲都不敢摳了，整個人都不敢動。

「喝一點，不燙。」

季明舒點頭，彷彿粥裡有毒般艱難吞咽幾口，很快放下湯匙。

「喝不下？」

「嗯……」季明舒本想說「你能不能出去不要盯著我」，但話到嘴邊又變成了生硬的彩虹屁，「這個味道一般，沒你做的好喝。」

話剛說完她就想起，岑森好像從沒為她煮過粥，於是她又迅速轉移話題道：「對了，我什麼時候能出院？」

「低血糖而已，隨時都可以。」

「……」

又是這種似有若無的嘲諷，小金絲雀的玻璃心碎了。

季明舒這邊無聲，岑森那邊也有一手「你不說話我也能一聲不吭，大家最好一起沉默到天荒地老」的好本事。

季明舒有一搭沒一搭地攪動著白粥，忽然懷疑這狗男人是在鈍刀子割肉，對她施以慢性折磨。

可偷瞄他表情，又不像。

在尷尬癌發作的邊緣來回試探了一百八十個回合，季明舒不得不承認，不管這狗男人初衷如何，她已經被這種突如其來的耐心給折磨到了。

她忽地放下湯匙，揚高聲調道：「你……你能不能不要盯著我，我想再睡一下！」

沒等岑森回答，也沒敢看岑森，她手腳並用踹了踹被子，急急忙忙躺下。

最要命的是，她臉上開始不受控制地升溫了，怎麼心理暗示都沒用，「太丟人了」的念頭持續占據上風，像二倍速循環播放的彈幕般，睜眼閉眼都不消停。

岑森看見她紅透的耳朵，心底微微一動。

不過只那麼一瞬，也容不得細想。

他收拾好白粥，退出病房，又帶上房門。

季明舒在聽到關門聲後只保持了四五秒，便迫不及待回頭，看到岑森還站在窗前，又非常沒骨氣地蜷了回去。

岑森忽地一笑。

一直候在外頭的周佳恆略感詫異，抬頭去看時，岑森臉上那丁點笑意又已經收了。

他邊看時間邊往外走，隨之而至的是一串工作安排，「星城這邊宣傳發行找家公司合作，分部廣宣能力不行，遲早要換。」

周佳恆：「嘉柏？」

「你安排。」岑森聲音沉靜，「榮佳地產的帳也差不多到要收了，你找個時間去和他們陳老闆談一談。另外老魏和黃鵬的私下聯繫先不要管，也不要讓另外幾個人干涉，還不到時候。」

「是。」

周佳恆跟在他身側，見他公事已經說完，想要問點什麼，可最後還是出於職業操守的慣性，硬生生忍住了。

×

病房內，季明舒蜷在床上一動不動，顱內高清重播自己最近在岑森面前造過的孽，越想越覺得羞恥，揪著枕頭無聲發洩了幾個來回，到最後可能是累的，竟然又睡著了。

這一覺睡到晚上八點，點滴已經打完。

溫柔的護理師小姐姐在一旁邊收空瓶邊細心囑咐她：剛打完點滴，最好吃些清淡的東西墊墊肚子，暴飲暴食吃重油重辣食物容易引起腸胃不適等等。

季明舒心不在焉地點了點頭，還在往門口的方向張望。

岑森這狗男人竟然就這麼一去不復返了？外面不會連個接她回去的人都沒有了吧。

目送著護理師小姐姐離開病房，季明舒失落地收回目光。

可下一秒，房門又再一次被人推開，還帶進幾縷秋夜稀疏的風。

岑森半倚在門口，清清淡淡地和她對視一眼，突然出聲：「收拾一下，我們回家。」

季明舒抱著雙腿坐在床上，怔怔地看著他一步步走近，心臟不受控制地，很重地跳動了一下。

✕

不知不覺已入深秋，夜晚溫度很低，風也冰涼，季明舒裹了件風衣外套。

上車看到後座放著的某品牌購物袋，她沒忍住多瞟了兩眼，「這是客戶送你的嗎，還是要送客戶的？」

「在機場看到，覺得很適合你。」岑森從另一側坐上車，看了她一眼。

「……」

給她的？

季明舒狐疑地打量著他，伸手去拿購物袋。

拆包裝盒的時候，也時不時要看他一眼。

等見到包包的廬山真面目，季明舒心底不自覺地泛起一陣小雀躍，平直的唇角也忍不住往上彎了下。

還滿好看的嘛，配色款式大小都是她喜歡的。

岑森問：「喜歡嗎？」

季明舒不錯眼地打量著包包，內心極度滿意，面上卻繃著驕矜神色，高貴冷豔地點評道：「就……勉勉強強吧。」

她愛不釋手地摸了摸，忽然想起什麼，又轉頭，仍舊繃著氣勢問了句：「你今天……怎麼對我這麼好？」

「有嗎。」

難道沒有？又是倒粥，又是親自來接，還送她包包，怎麼看怎麼像居心不良！

上回他反常地去雜誌社接人，又反常地為她做紅燒小排骨，還不就是等著餵飽她圖謀不軌？

想到這，季明舒捏緊包包提把，心裡惴惴。

這狗男人不至於這樣吧，她今天可是剛從醫院出來，有必要這麼急不可耐毫無人性嗎？

可沒過幾分鐘，車停進一家大型商場的地下停車場，岑森說要去超市買菜幫她煮粥，彷佛又進一步驗證了她的猜想。

她提著新包包下車，對岑森十分戒備，往超市走的路上還不斷提醒他，自己是剛從醫院出來的病患，身體虛弱需要好生休養，不能操勞！

岑森瞥了她一眼，「知道了。」

「……」

那一臉的平淡敷衍，知道什麼我看你屁都不知道。

岑森並不知道她在亂想什麼，也沒有覺得自己做了什麼反常的事情，今天又對她有什麼特別。

一切好像都是很順其自然的，他想怎麼做，就怎麼做了，並且覺得都是理所當然。

×

平日季明舒極少踏入超市，這更是她第一次和岑森一起逛超市。

看到門口推車還有那種很可愛的小汽車樣式，她多看了幾眼。

岑森忽然伸手撥了下她的腦袋，淡聲道：「別看了，你的體重不適合。」

他的手還有點涼，明明是撥她腦袋，她卻覺得心臟又不受控制地，猛地跳動了一下。

等回過神想要辯解，岑森已經推著推車往前走了四五公尺。

她快步跟上去，和岑森一起握住推車手把，平復好心跳又沒話找話問：「對了，你什麼時候學做飯的？我以前都不知道。」

「上大學的時候，」他邊挑調味料邊說，「也沒有特地學，下載食譜照著做就會了。」

「我也照著食譜做過，我怎麼不會。」

岑森將一瓶孜然粉放進購物車，轉頭用一種「你自己難道不知道嗎」的眼神看著她。

季明舒識趣閉嘴。

超市燈光明亮，季明舒四處張望打量，發現有很多小情侶一起推著車，有說有笑，有的還很黏膩。

一路行至水產區，空氣中的味道開始變腥，季明舒掩住口鼻，還沒往前多走兩步，某個玻璃缸裡的魚忽地跳動一下往外濺起水花。

她下意識護住岑森送的新包包，等那條魚安靜了，還很愛惜地拎起來擦了擦。

擦著擦著，她覺得有些不對。她連限量版都當通勤包似的到處拎著跑，幹嘛要這麼小心一只也沒有很珍貴的普通包包。

不知想到什麼，她立馬停止了擦包的動作。

看了眼在挑選活蝦的岑森，她語速很快地說了句：「這邊味道好難聞，我去看看零食，等一下再過來找你。」

說完她就立馬轉身，停頓兩秒，又小快步迅速逃離了岑森的視線。

岑森抬頭看了眼她的背影，倒也沒有多想。

只不過想到季明舒一脫離他的視線範圍，就能時不時幹出點匪夷所思的事，他也沒在水產區多逗留，讓人處理完蝦，就打算去找那只不能獨立行走的小花瓶。

季明舒拎著包包在零食區幽幽地飄來飄去，肚子終於感受到了遲來的饑餓。

平日她對膨化食品的欲望很低，可這時她竟然十分想拆開一包洋芋片先吃再結帳。

好在最後形象戰勝了食欲，她往前飄了飄，打算來個眼不見為淨。

眼不見，肚子是淨了，可她腦子裡還是靜不下來。

有那麼一些她並不是很想想清楚的事情縈繞在腦海，像佈滿地雷的雷區，稍微深思就會將現有的平靜生活炸出一個大坑。

她在貨架前來來回回徘徊了很久，想把「岑森」二字剔除出去。

可就在想法出現的下一秒，身後就猝不及防響起岑森那把沉靜聲音，「買好了。」

她嚇一跳，肩膀都不自覺顫抖了下，緊接著就隨手從貨架上拿起一盒東西，頭也不回急匆匆往前走，「我也買好了！」

走了會兒，她不經意間低頭一看，才發現自己手裡拿了一大盒，還是那種紙盒上標題超大標誌超明顯的小雨傘，裡面足足有十幾二十小盒。

什麼是地雷，這才是貨真價實的地雷啊。

季明舒腦子一懵，看到周圍還不少男生，想都沒想就回頭將盒子往岑森懷裡一塞。

等抬頭一看，季明舒恨不得原地去世。

嗯？岑森人呢？！

眼前的陌生男子身形與岑森極為相似，還都穿了件黑色大衣。但仔細看，大衣款式不盡相同，且男子相貌平平，與岑森相去甚遠。

猝不及防被塞了這麼一大盒小雨傘，這陌生男子有點回不過神，一會兒低頭看看懷中的東西，一會兒又抬眼看看季明舒，滿臉都寫著茫然，心裡還隱隱約約有那麼一絲以為是天降好運的小驚喜。

「小姐，你……」

他的話才剛剛起頭，忽地有道溫和男聲從另一側響起，「抱歉，我太太認錯人了。」

岑森上前，不著痕跡地將季明舒擋在身後，神色清淡。

他看了眼男子手中的「好運驚喜」，面不改色接過來，又扔進了購物推車。

男子一怔，訕訕點頭，心裡也自覺自己腦補過多十分尷尬，沒再多說什麼。

剛剛季明舒拿了東西就慌慌忙忙往前走，岑森跟上去時，這陌生男子先一步從另一條道匯了過來。

見人推著車，行進緩慢，岑森便繞至一旁，隔著一個展臺跟在季明舒身後。

沒想到這麼近的距離，季小花瓶也能突然弄出一番令人匪夷所思的神操作。

此刻季小花瓶躲在岑森身後，被自己尬到天靈蓋發麻，大氣都不敢出。岑森往前一步，她也就跟上一步。

可發現岑森往人工收銀臺走，她忍不住扯了下他的外套後擺，超小聲命令道：「去自助結帳！」

岑森腦袋略往後偏。

季小花瓶如驚弓之雀，也跟著偏了偏，極力躲避他的眼角餘光。

好在岑森沒有嘲諷也沒多計較，順她心意走了自助通道。

掃描完商品條碼，岑森拿出手機結帳。

季明舒一心盼著他快點弄完帶她離開這裡，未料他忽然問了句：「你又把我通訊帳號刪了？」

季明舒卡殼了好幾秒。

大爺，這都哪個年代的事情了，您老才發現？如果能單方面自助離婚，您豈不是得等到家裡催生才能發現自己已經沒了老婆？

但此刻不能得罪救星爸爸，她躲在身後小聲甩鍋，「應該是手誤吧，或者是通訊軟體出錯了，垃圾軟體！」

岑森：「……」

悄悄瞄了眼他的神色，季明舒又急急忙忙地掏出手機傳送好友申請，「加了加了，你確認一下。」

可岑森看都沒看，直接收了手機，淡聲道：「再說吧。」

季明舒：「……？」

她為什麼從「再說吧」這簡簡單單的三個字中聽出了「看你表現」的意思？

岑森抬步往外走，季明舒也沒空多想，又鬼鬼祟祟揪住他的衣擺，跟在他身後亦步亦趨。

✕

回到飯店套房已是晚上十點，季明舒不出意外地第一時間鑽進了浴室。

岑森也沒管，提著食材直接去了廚房。

季明舒在浴室裡邊泡澡邊玩手機，看見通訊軟體裡知情人一溜煙的問候，她傳了則訊息統一回覆：「謝謝大家關心，已平安回到飯店。＊愛心＊」

並附上了一張乖巧小萌妹的貼圖。

轉頭點進「三隻小仙女」的良家婦女群組，她又殺氣騰騰，以「我季明舒上輩子造了什麼孽」為開頭，洗版吐槽了整整五個版面。

谷開陽和蔣純先是一陣默契的「哈哈哈哈哈」，在被踢出群組的邊緣瘋狂試探。

緊接著又極有經驗地在季明舒炸毛之前，順著她的心意辱罵節目組，辱罵顏月星，甚至還辱罵上了無辜路人以及同樣無辜的岑森，總之就是擺出了「順雀者昌，逆雀者亡」的架勢。

季明舒被這麼無原則地哄了一陣，終於消了點氣。並且再一次發自內心地覺得，世上只有姐妹好，男人都是狗尾巴草。

想起岑森還不加她通訊帳號，她又忍不住在群組裡多罵了兩句。

可蔣純加入彩虹屁隊伍不久，功力還不夠爐火純青。而且她一直以為季明舒和岑森夫妻恩愛，所以自然而然地以為，季明舒這種罵，是一種打情罵俏的罵。

於是她自作聰明地誇起了岑森，一連誇了兩個版面不帶停歇，季明舒眼睛看直了，根本沒找到機會插話。

等誇完了，這隻小土鵝還連結自己和唐之洲的實際情況，真誠地傳了一段語音，建議道：「打是親罵是愛，我們都知道你很喜歡你老公，但你在群組裡罵罵就算了，在你老公面前還是盡量表現一下自己溫柔的一面嘛，不然你老公可能感受不到你這種比較另類的喜歡，你懂不懂？因為我就發現，男人的腦迴路真的很簡單，他感受不到你這種繞彎的表達。」

「……」

誰喜歡他了？

是你這隻小土鵝腦迴路太複雜了吧？

我就是單純地罵他罵他罵他！！！

季明舒：【閉嘴！】

蔣純懵了下，還沒反應過來，就發現群名變成了「兩隻小仙女和一隻小土鵝」。

✕

可能是浴室水霧氤氳，溫度太高，季明舒感覺有點熱。

她盯著語音轉換文字後的那一行「我們都知道你很喜歡你老公」，怎麼也挪不開眼。

過了好半晌，她逼迫自己將手機螢幕朝下蓋在一邊，起身擦了擦身體，匆匆離開浴室。

就季明舒洗澡這一小會兒，廚房已經飄出了嫋嫋粥香。

她窩在客廳心不在焉地看了會兒宮鬥劇，又糾結了百八十個來回，終於光著腳晃進了廚房。

「那個，你在煮什麼粥，還挺香的。」

她雙手背在身後，肩背薄瘦挺直，頗有幾分公主殿下前來巡查的氣勢。

「青菜蝦仁。」

岑森仍在處理食材，眼都沒抬。

季明舒踮起腳尖往前張望了下，又鼓起勇氣彆彆扭扭問了句：「那，你需不需要我幫忙，就是……有沒有什麼我能做的？」

「沒有。」

簡潔乾脆，一語擊破玻璃心。

「……」

岑氏森森今天比較溫柔——世界三大錯覺榜首。

季明舒被噎得轉身就想走，岑森卻忽然停下動作，回頭說了句：「你如果很閒，不如改改你的設計圖。」

季明舒頓步，「我的設計圖怎麼了？」

這次的設計她出得很快，在節目組給出房屋改造實景之後的兩三天裡就定好了主題和改造方案。

房屋男女主人是因為一部音樂劇電影結緣，那部電影裡有一首整個故事的總結曲〈Epilogue〉，也就是這次季明舒的設計主題——「尾聲」。

它很契合屋主提出的輕復古風格，又有從序曲走至尾聲的美好意義，季明舒靈感上頭，出圖出得特別快，最後的實景渲染效果也很完美，他們組就連顏月星看了效果圖也放不出半個屁。

所以是有什麼問題？

岑森擦了把手，慢條斯理道：「你有很多設計理念，包括你的實景圖都很有學院派的風格，但屋主是普通人，家居不等於展廳，實際功能永遠是第一需求。」

簡而言之就是，不接地氣，住不了人。

季明舒張了張嘴，下意識就想反駁，可一下子竟然不知道從哪著手。

她穿著煙粉色的真絲睡裙，光著腳倚靠在廚房門口，就那麼傻傻地靠了十分鐘，看起來可憐弱小又無助。

岑森：「別想了，先喝粥。」

季明舒回神，這才聞到青菜蝦仁粥的鮮香。

她這一路幾經打岔，肚子餓了又飽飽了又餓，已經空到不行，一時也沒空多想其他，只盯著岑森，眼巴巴地跟著他一起往餐廳走。

可就這麼平地走路，她也像阿飄上身似的突然腳滑，「噗通」一下往後一坐，屁股重重地跌坐在地板上。

岑森站在餐桌邊回頭，看她就像看一個小瘋子。

她也是一下摔懵了。

雙手撐著地板坐在地上，尾椎骨又麻又疼，莫名還覺得這疼一路蔓延到了頭蓋骨。

最可怕的是岑森竟然就那麼站那裡看著她，看了足足有一分鐘，似乎是確定了她憑藉自己的力量這輩子都無法獨立行走，這才上前，頗帶幾分憐憫地將她打橫抱起。

岑森：「你是餓到沒有智商了嗎？」

啊啊啊！拿開你沾滿血腥的臭手！我不要你幫忙也能堅強地從哪跌到就從哪站起來！！！

季明舒從精神上獨立著，身體上卻只能做一只卑微的小花瓶，緊緊摟住岑森的脖頸，疼到屁股顫抖也只能繃著臉面無表情。

岑森忽然笑了下。

季明舒的玻璃心又碎了，「你笑什麼？你剛剛是笑了嗎？」

岑森沒承認也沒否認。

季明舒悲傷道：「我跟你生活不下去了，我們八字可能不合。」

她邊說還邊伸手捏岑森的臉，還是特別親暱的那種，兩隻手捏著往兩邊扯。一路捏著到了床邊，她才意識到自己做了什麼，於是又慌裡慌張地匆匆鬆手。

岑森似乎不打算計較，將她放到床上，讓她身體朝下趴著橫躺。

季明舒下意識以肘撐床，揚起腦袋。

岑森也不知道是怎麼想的，身體稍傾，忽然也回捏了把她的臉蛋，聲音是低低沉沉的，還帶著沒倒時差的微啞，「那你覺得你能和你誰生活下去？」

季明舒無聲。

兩人就這樣以一種特別奇怪的姿勢四目相對，每一秒，心跳都在加速。

君逸旗下的飯店套房光線都很有講究，酒櫃和書架上是一排明亮聚光的探照燈，浴室鏡面是環形感應燈，而床邊竹編落地燈，呈現出的是似漏非漏的柔和暖黃。

周身寂靜四目相對時，似乎還能在這靜謐中平添幾許溫柔曖昧的情致。

兩人距離越來越近，心跳也在耳邊清晰可聞。成年男女，接下來要發生點什麼好像也是順理成章。

——如果，季明舒的肚子沒有餓到叫的話。

※

直到次日起床，繼續去參加節目錄製，季明舒都還在想昨晚的事。

她滿腦子都是兩人四目相對即將親吻的畫面，對自己肚子那不爭氣地一叫，無意識地感到懊悔，甚至她還不受控制地，順著昨晚的場景腦補還原了本應發生的羞羞畫面。

「明舒，明舒？」馮炎喊了她兩聲，「你一個人在笑什麼？下車了。」

顏月星順著話音看了她一眼，神色略帶鄙夷，見攝影機還沒開，她也懶得演，陰陽怪氣地說了聲：「發春。」

說完她就率先下了車，邊叫化妝師幫自己整理妝容，邊忐忑回頭，假裝不經意地往車裡望。

這些日子，顏月星被季明舒給壓制得滿肚子都是火，偏偏她是少女偶像，心裡有一千句一萬句髒話，也不能像季明舒那樣面對鏡頭無所畏懼。

而且季明舒這女的特別邪，不知道哪來的底氣，一點也不懂得謙虛隱忍，幹什麼都橫衝直撞明著來。

這些日子十成十地領會到了季明舒的囂張跋扈，顏月星嘴賤完，難免心生後悔惴惴不安，生怕季明舒反應過來衝下車，左右開弓給她來上兩巴掌。她覺得這種事季明舒是絕對能幹得出來的。

不過這時季明舒從腦補中反應過來，倒沒功夫去找顏月星算嘴賤之帳，因為她很快又沉浸在「我竟然會對岑森產生非分之想」的震驚中，久久不能回神。

太羞恥了！

太不真實了！

季明舒拍了拍自己的臉，不斷暗示自己快清醒一點。

她怎麼可能會因為沒和岑森發生點什麼而感到懊惱，並且還自行腦補呢？

不，不可能的！一定是因為太久沒過夫妻生活了才會如此饑渴！

而且她根本就不可能喜歡岑森那種從小就和她八字不合的男人，簡直就是個笑話！

她只是非常單純地喜歡他的錢而已！

對，沒錯，就是這樣。

說服完自己，季明舒還鄭重地點了點頭。

昨日兵荒馬亂，夜裡睡眠又淺，岑森根本還沒把時差調回來。

今天一大早又召集分部高管開會，一群平日衣冠楚楚的人坐那裡互相指摘推卸責任，足足吵了三小時。

岑森這麼一個大活人還坐在上首，他們就面紅耳赤互不相讓，吵出了爭遺產的陣勢。

會議結束，岑森腦子裡還迴蕩著群鴨沸騰的喧囂。

他一個人進了辦公室，並吩咐周佳恆不許任何人進來，自顧自靠在辦公椅裡聽了半小時鋼琴曲，才稍稍緩過神來。

都說女人聒噪，比起這群男人，他覺得季明舒都能稱得上是溫柔體貼了。

想起季明舒，他又撈起手機，打開通訊軟體，確認了她的好友請求。

平日岑森很少滑動態，看到季明舒的個人頁面放了照片，他順手點進去掃了眼。

沒想到這眼一掃，就掃了大半個小時。

季明舒的動態和他想像中大差不差，但除了凹她的名媛淑女豪門太太之外，也有很多則極具生活氣息，甚至還冒著些許傻氣。

周佳恆撥內線進來提醒他下午還有應酬時，他才剛剛看到今年年初季明舒發的新年照片。

她和岑家的晚輩一起堆雪人，裹著毛茸茸的大衣外套，腦袋上還戴了頂小紅帽，笑眼彎彎的，明豔又可愛。

他一邊存照片，一邊淡聲吩咐公事。

而另一邊，吃著飯店專送便當還在滑手機的季明舒，驚得差點把飯盒都給摔了。

她剛剛打開動態就看到多則通知，點進去看，竟然是岑森幫她按了上百個讚。

而且就在她懷疑這軟體是不是真的出問題了的時候，岑森還在即時地繼續按讚。

一個通知兩個通知不斷往外冒，按讚內容卻越來越古早，並且開始出現了線上點評。

岑森：【照片沒有聚焦。】

岑森：【衣服顏色太豔。】

岑森：【語法用錯。】

岑森：【時態用錯。】

岑森：【成語用錯。】

季明舒直直盯著留言通知，滿腦袋問號，他以為自己是班導嗎還邊看邊批改！

季明舒切回聊天介面，問：【你在幹什麼？】

岑森：【看你動態。】

雖然動態這種東西她一直是公開分享，但岑森其實並不在她以為的分享範疇之內。而且這男人是怎麼回事，看就看，還非要按個讚寫則評語，「朕已閱」是嗎？太莫名其妙了！

季明舒也不想跟他多作理論，直接從源頭遏制，將動態公開時間改為了最近三天，然後又傳了個得意洋洋的吐舌頭貼圖。

沒想到岑森不按常理出牌，冷不防傳來張過年時堆雪人的側拍照給她，還一對一地點評。

岑森：【這張最好看。】

岑森：【比較可愛。】

季明舒：【……】

她耳朵一紅。

這，這狗男人，該不會是在勾引她吧？突然打直球是怎麼回事。

她莫名心虛，迅速將手機藏進了包包。

ㄨ

心不在焉地吃完便當，上樓時她又剛好撞上馮炎和裴西宴在鋸木頭。

他們鋸的木頭多半沒有用處，只不過是為了增強節目的可看性，讓觀眾以為這些訂製傢俱也有嘉賓們的功勞。

這時攝影機沒開，他倆也只是在練習，畢竟真的錄製時，鋸的姿勢太奇怪也很有可能被人吐槽。

她蹲過去捧著臉圍觀，但思緒仍在外太空游離。

馮炎隨口問了句：「明舒，你怎麼了？今天好像有點不在狀態啊。」

季明舒回神，「我沒事，我是在想……我們方案的實用性，應該怎麼具體地增強一下。」

這問題馮炎和裴西宴也說不上話。

他們是明星，生活上大多養尊處優，能夠欣賞季明舒的高大上設計，但並不懂得如何讓設計貼近生活。

岑森昨晚說季明舒的設計實用性不夠，季明舒也是認真地想了好一會兒的。

但改造工期已經過半，硬裝上沒有太多可以更改的餘地，只能從軟裝著手。

她覺得家居性不夠強的根源問題是收納空間不足，今天過來時，她就去這棟樓的鄰居家拜訪了一下，根據觀察，她暫時性地修改了幾件訂製傢俱的圖樣。

比如說沙發。

星城地處南方，冬日不供地暖，大多數家庭習慣使用電烤火爐取暖。

她在鄰居家看見，他們把電烤火爐放在了茶几下面，但電烤爐體積都比較大，放在茶几下面一則占用茶几底部空間，看電視時腿腳不方便伸展，二則不夠美觀。

所以她修改了一下訂製沙發，將長沙發底座下留出長方體空間用以收納電烤火爐，外面做成上下推拉的小木門樣式，兩側沙發底部則做成收納櫃。

只不過改造已經進行到了現在這個階段，她能亡羊補牢的地方實在太少。

季明舒又蹲了會兒，見他們將木頭換了個方向，忽然沒頭沒腦地說了句：「我問你們一個問題。」

馮炎：「什麼？」

季明舒：「就是，你們會不會突然幫一個女孩子按很多讚，然後還存一個女孩子的動態照片，把它傳給那個女孩子，告訴她這張照片很好看，還誇她可愛？」

馮炎和裴西宴動作稍頓，四目相對面面相覷，緊接著又雙雙搖頭。

裴西宴還是個小孩子沒有戀愛經驗也就算了，馮炎年紀也不小了搖哪門子頭。

季明舒又逮著他問：「那你覺得這種舉動一般是表達什麼意思？」

馮炎：「這……可能是喜歡？」

「喜什麼喜歡不就是撩？」

顏月星翻了個白眼，對這三個加起來都超過六十歲還假裝純情的舉措感到分外無語。

馮炎怕這兩女生又鬧起來，忙朝季明舒微微搖頭，示意她別計較。

這段日子大家也算是看清了顏月星的真面目，鏡頭前是可愛萌妹少女偶像，鏡頭一撤就是個小太妹。

她起初倒是想保持良好形象搭上裴西宴，奈何前有季明舒護子，後有裴西宴閃現技能滿點，同在一起錄節目，她根本近不了身，話都說不了幾句，她也就懶得白費這心思了。

她和岑森是夫妻都能直接上床了還撩什麼撩。季明舒沒在意顏月星的胡說八道，只托腮深思著馮炎所說的話，岑森是喜歡她嗎？

好奇怪，平時完全感受不到呢，就偶爾來這麼一下。難道除了間歇性失憶，還有間歇性喜歡？

她又和馮炎探討了一下。

在這個過程中，裴西宴始終保持禮貌疏離的態度，沒有參與話題，只不過途中他出去接了通來自岑森的電話。

岑森打電話給他，是問他季明舒有沒有修改設計方案。他剛剛傳訊息給季明舒問了，但季明舒好像沒有看手機，一直沒有回覆。

裴西宴應了幾句，末了想了想，又提醒：「森哥，就是，最近好像有人在追明舒姐。」

岑森：「什麼。」

裴西宴覺得自己一個男生，不應該這麼八卦，只要他去問季明舒。

但岑森又問了遍，他無法，輕咳一聲，簡短道：「有男人幫明舒姐的動態按很多讚，還把明舒姐的照片傳給她，誇她好看可愛，就這樣，你別說是我告訴你的。」

他又咳了聲，似乎是對告密這一行徑感到不好意思。

✕

掛斷電話，岑森沉默了會兒。

適逢周佳恆過來送文件，岑森忽地一頓，抬眼問：「男人幫女人的動態按讚，誇她照片好看可愛，就代表是在追求她嗎？」

周佳恆滿心滿眼都是工作，猝不及防聽到這麼個問題，好幾秒都沒反應過來。

等反應過來了，他又在想：岑總這是在暗示什麼還是在隱喻什麼？或者是感情方面出現了什麼棘手狀況，需要他這位總助自行意會主動替他分憂解勞？

前後不過十多秒的功夫，周佳恆已經斟酌出了得體回答。

可岑森似乎看出他想歪了，很快收回目光，在他開口前先說了句：「別多想，我只是隨便問問。」

「……」

已經多想了。

岑森：「好了，你先出去。」

周佳恆稍頓，略一點頭便回身往外走，心裡卻難得地多了幾分不解和忐忑。

他跟隨岑森多年，十分瞭解岑森脾性。岑森想什麼做什麼，他總能第一時間意會並做出妥當的處理。

只不過岑森極少提及私人情感問題，今天這態度，他一時竟有些琢磨不透。

不止是周佳恆琢磨不透，岑森自己都沒怎麼想明白。

辦公室內寂靜，他摘下眼鏡往後靠，又下意識地揉了揉眉骨。

在感情方面，他從來都淡，說不得有多瞭解女人，對交往對象也沒有過很強烈的喜歡不喜歡，至多也就停留在欣賞的地步。

而季明舒，從學生時代起，就有許多不在他欣賞範圍之內的劣根性。

張揚跳脫、膚淺虛榮、囂張跋扈、極度地以自我為中心。

在季明舒幼稚地對他多番挑釁時，他還曾覺得，除了張臉，這女生簡直一無是處。

好在兩人的交集本就不多，高中畢業後更是少見。

只不過每次回南橋西巷，他都會被動地從岑家人口中聽到一些和季明舒有關的消息。

比如說她考上了什麼大學，從國外寄回了什麼禮物，現在出落得有多漂亮，哪家的男生在追求她。

也有過幾次不正式的遇見，但都只是匆匆一瞥，話都沒有說上。

一直到附中百年校慶，同學組織聚會，他才與季明舒正式重逢。

他和季明舒不同級，按理說聚會也不該碰面，但成年後的聚會又不是敘敘同學情誼那麼純粹簡單，不過是為圈子人脈、資源互換占個名頭。

再說得現實點，無用之人早被剔除出了「同學」的範疇。

說來奇怪，岑森至今還記得，季明舒那晚穿了條銀綠色的吊帶長裙。

那條裙子的款式簡潔大方，裙身百褶卻精緻繁複，行動間，細密褶皺如水波搖擺。腰間還有一根極細的同色腰帶收束，更是襯得細腰盈盈似是不及一握。

季明舒到的那時候，岑森已經喝了不少酒。

他自覺清醒，卻在見到她時有那麼一瞬，誤以為自己醉得不輕。

季家在季明舒兩位伯父接手後，一直處於商業版圖擴張的狀態，他們自然也希望以後的姻親可以在商業發展上有所助益。

那時岑森剛巧得知，他們暗地裡已經為季明舒物色好了聯姻對象。

他們物色的聯姻對象是做紡織起家的蘇家，蘇家在平城發展數年，早已站穩腳跟頗有建樹，雖無法和岑家相提並論，但也已是平城商圈的新貴翹楚，勢頭很猛，發展前途不可限量。

蘇家那小兒子岑森也認識，雙商不錯還一表人才，是蘇家這一代的重點培養對象。只不過他在私生活上不甚乾淨。

想到這些，再看眼前的明眸皓齒楚楚動人，岑森心底竟然有些惋惜。

可能是從惋惜開始，他就隱隱約約有些想法，所以才會在季明舒誤飲別人給她身側女伴準備的加料酒時，出面將她帶走。

其實岑森原本想將季明舒送去醫院，可季明舒乖乖巧巧坐了沒幾分鐘，就冷不防爬到了他身上，還面對面跨坐著，揉他的臉，罵他。

罵他崇洋媚外，罵他眼光不好和李文音那種小白蓮談戀愛，緊接著又顛三倒四地罵他不應該和李文音分手，他們這種不可回收垃圾就應該緊緊鎖住誰也不要放過誰。

他晚上喝了很多，為帶這沒良心的女人提前離場，還被起鬨喝了杯不加冰的威士卡，早已不甚清醒。

一時也沒空思考，這女人哪來那麼大怨氣，時隔數年重逢，還記得給他來上一頓劈頭蓋臉的臭罵。

可剛罵完，季明舒又主動親了上來，從上至下一路親至喉結，像慵懶的小貓咪一樣，有一下沒一下地輕輕舔舐，聲音甜甜的，罵人也像撒嬌。

岑森不是坐懷不亂的柳下惠，自然經不起這樣活色生香的撩撥。

有那麼幾秒他還想過，這是不是季家搞出的什麼手段故意引他上勾。但軟玉溫香在懷，他竟覺得上了這勾也沒什麼不好。

正好，他缺了這麼一只精緻的花瓶當做擺設。

✕

回憶在走進飯店套房的瞬間戛然而止，岑森睜眼，揉了揉眉骨，又重新打開桌上文件。

最近可能是太累了，他竟然會因為裴西宴那小孩搞不清楚狀態的一句話胡思亂想。

季明舒是他太太，誇一句好看可愛再正常不過，又哪裡談得上追不追求，喜不喜歡。

不知所謂。

可沒過多久，他又停筆，拿起手機傳了則訊息給季明舒。

岑森：【今天錄製什麼時候結束？我剛好順路，可以過去接你。】

季明舒看到這則訊息時，已經累成了一條鹹魚。

跑裝修是個體力活，普通人尚且覺得辛苦，更何況是季明舒這種嬌生慣養的大小姐，折騰一天，她腳都磨出了血泡。

她無精打采地倚在窗邊，撥電話給岑森，聲音萎靡不振，「剛看到你的訊息，我錄完了，好累，我還是自己回去吧。」

岑森：「我已經到了。」

季明舒下意識往窗外看了眼。

社區停車場角落，有輛熟悉的車正打著雙閃。

正好這時工作人員收拾完了設備，也在招呼她，「季老師，走吧？車已經來了。」

她掩住電話回頭，「噢，不用了，我老公來接我了。」

「啊？季老師你已經結婚啦？」

「完全看不出來欸。」

工作人員都對她已經結婚這事感到分外驚訝。

其實素人參加錄製，節目組都會事先做一些背景調查，但季明舒是孟曉薇推來的人，投資方爸爸那邊又否決了她和李澈炒CP還有將她列為重點拍攝對象的計畫，節目組也就沒在她這鑲邊花瓶身上多耗精力。

再加上季明舒沒有佩戴婚戒的習慣，人又時尚年輕，誰也沒往結婚的方向上想。於是簡單的婚姻狀況，就這麼成了燈下黑的盲點。

季明舒沒空和他們解釋這些有的沒的，隨意應付了兩聲，又去洗手間整理了妝容，便迫不及待地往樓下跑。

她踩著高跟鞋走了一天，兩條腿都已經瀕臨打顫，一上車，她就彎腰揉小腿肚，嘴裡還

「嗚嗚嗚」、「痛痛痛」地嚷得恨不得全世界都能聽見。

岑森放下文件，輕描淡寫道：「你可以穿平底鞋。」

「？」

「你懂什麼？高跟鞋是女人最後的堅持！我永遠也不會穿平底鞋來參加錄製的！」

「……」

岑森冷淡地「哦」了聲，又繼續看文件。

哦？

哦？？

哦？？？

季明舒不可置信地盯了他十秒鐘，見他這般若無其事還很悠閒，而自己累到四肢發軟半身不遂，簡直是氣不打一處來！

她忽然側了側身，一條腿兩條腿，迅速而又俐落地全都搭到了岑森身上。

「我痛，幫我揉。」

她說得理直氣壯，岑森轉頭看她，一時竟分不清她這是在撒嬌還是在命令。

而季明舒說完，就很無賴地不再理他，自顧自地玩起了手機。

岑森垂眸，看了會兒她的腿，半晌沒動靜。

「我痛！痛痛痛！」

季明舒動了兩下催他，語氣中有著自己都未察覺的嬌嗔。

岑森心底微動，不知在想什麼，還真慢條斯理地挽了挽袖，上手幫她輕捏腿肚。

「……」

他還真捏？

季明舒下意識縮了縮。

其實她只是想小作一下折磨折磨這狗男人，哪知道這狗男人今天這麼好說話。

好在她很擅長接受別人對她的好，退縮完很快便釋然放鬆並心安理得地窩在座椅裡，享受著千金難買的獨家服務。

岑森捏腿這麼難得的事情不吹個牛實在是太可惜了。

季明舒打開通訊軟體，正在想怎麼發動態比較不做作。

忽然手機一震，谷開陽傳來訊息。

谷開陽：【啊啊啊姐妹挺住！】

谷開陽：【李文音的採訪出來了！】

谷開陽：【我給你看一下重點，本咕咕從未見過如此厚顏無恥之人！！！】

季明舒：【？】

谷開陽甩來張標了紅色記號線的採訪截圖。

縮略圖可以看到題頭的「李文音採訪稿」六個大字，季明舒心底咯噔了下，點開掃了眼，迅速抓住重點——

李文音：「我覺得把自己寫出來的東西拍成電影，應該是每一個文字工作者的夢想。我寫的這個故事對我而言，非常地……怎麼說呢，非常地特別，也不可複製。」

……

李文音：「對，其實很多人都知道這個故事是有原型的，原型的話，就是我和我的初戀。以前我也在社群上寫過一篇〈我的前任結婚了〉，寫的時候沒想那麼多，也沒想過會被大量轉載，後來因為怕給他帶來困擾，我就選擇了刪除。」

……

李文音：「我想拍這部電影也並是不想去打擾他，只是想說，人年輕的時候總會不懂得珍惜，幼稚又莽撞，可能因為我的幼稚莽撞，我已經永遠地失去了他，但另一種意義上來說，我們也曾擁有過彼此最美好的年華。」

……

李文音：「是的，這段故事對我來說很重要，也很有意義，所以我會盡全力去呈現出它最完美的樣子。也希望它出現在大螢幕上的時候，所有人都能因此回憶起自己的青春，回憶起自己最無法複刻的時年，這也是我對他最真誠的祝願。」

？？？

祝願？

什麼玩意兒這小白蓮敢不敢當著她的面說一遍？

她可真是什麼話都說得出口！

季明舒有點控制不住體內的殺氣，雙腿也跟著忽地一抽。

岑森見狀，抬眼瞥她，「怎麼了？」

季明舒那把憤怒的小火苗已經燃燒到了五臟六腑，感覺自己一開口都能噴出玄雀神火。

她忍了又忍，哽著心頭血若無其事說了句：「沒事。」

端莊賢淑的我一定不能生氣氣！！！

✕

雖然心裡暗示著不能生氣，但如果遇上這種事還能心態平和笑呵呵，那怕是渾身冒著佛氣的笑面彌勒佛轉世了。

有那麼幾秒，季明舒還非常想將手機懟上岑森的臉，讓他看看他那驚世白蓮前女友是怎麼婊裡婊氣漫天作妖的。

但僅存的一絲理智告訴她，既然岑森說過不會再留戀從前，那她就不應該無緣無故遷怒於他。

說不定李文音就是吃定了她脾氣暴躁會跟岑森鬧，故意使了這麼一招離間他們夫妻感情，這時正等著看她好戲呢。

對，沒錯，就是這樣。

不能中計，絕對不能中計！

——但是真的好生氣哦！！！

季明舒拿起車後靠枕，悶了會兒腦袋，而後又噔噔噔地踹開岑森，放下雙腿坐直身體，整個人都氣咻咻的，在發火和質問的邊緣反覆橫跳。

平日季明舒總是直來直往，但一旦涉及李文音這對頭，她便像魔怔了似的，總有很多耿耿於懷不能宣之於口。

外面小學還沒到放學時間，但附近小店都開了張，小攤販們推著車也在陸陸續續出攤。

「等等，停一下車。」季明舒忽然喊了聲，看著外面的攤子說，「我餓了。」

司機機靈，立馬接話，「夫人，你想吃什麼？我下去買。」

季明舒：「不用，我自己去。」

一下車，季明舒就徑直走向柵攤子，要了份雞柳。

油炸攤子和文具店一樣，是小中大所有學校的校外生活標配，除了飛漲的價格和貼在車上的QR code，一切都是記憶中熟悉的模樣。

小販動作俐落，從鐵盤裡夾了些雞柳上秤，夾多了些，又從小秤上夾起兩塊輕輕一抖，扔回鐵盤。

他這一系列嫻熟而又旁若無人的操作彷彿是在告訴季明舒——別想了，我的攤子不能用美貌買單。

其實季明舒是從高二才開始嚴格控制飲食的，她小時候也和同齡人一樣很愛吃垃圾食物，雪碧可樂、洋芋片、辣條、油炸燒烤，都是她的摯愛。

讀國中那時候她也仗著自己年輕，新陳代謝好，三天兩頭就和小姐妹們一起去吃宵夜。可高一結束後的暑假，班上組織了分班前的最後一聚，她混著啤酒吃了很多重油重辣的串串，回家後肚子疼得要命，廁所跑個不停，最後被家庭醫生診斷為急性腸胃炎，足足在家吊了三天點滴。

那時候伯母邊心疼邊教訓，表哥表弟們也圍著她碎碎念叨，她被這群唐僧念叨怕了，只得舉起四根手指發誓：「我再也不吃垃圾食品了，不然以後就嫁給醜八怪！」

小表弟眼尖又較真，還非給她按回去一根指頭讓她重新發誓。

季明舒心虛，弱弱地又發了一遍，這才得了個暫時清淨。只不過房裡只剩下她一個人，她又覺得安靜得有些過分，肚子也疼得越發明顯。

她蜷縮在床上，眼淚汪汪地揉著小肚子，想起聚會時班上女生們說「李文音居然和岑森在一起了」、「命真好」，更是輾轉反側怎麼也睡不著。

在記憶裡，那應該是她迄今為止的人生中，最難熬的一個夜晚。

發誓時她沒把誓言當真，但那夜過後，她對腸胃炎有了揮之不去的深重陰影，一看到垃圾食物就心有餘悸，竟然就真的履行了諾言，洗心革面重新做人。

✕

油鍋裡裹著麵包粉的雞柳翻騰出金黃油花，季明舒思緒回籠，又戳了下玻璃櫃，「加根火腿腸。」

不知何時，岑森已經跟了過來。

他看了眼季明舒，並沒有從她眼底看出對油炸食物有什麼特別強烈的欲望。

東西很快炸好，季明舒捧著雞柳，又將火腿腸遞給岑森，「幫我拿一下。」

岑森半晌沒接。

她不知哪根筋搭錯了，忽然將火腿腸往他臉上懟了懟，還酸溜溜地挑釁道：「你念書的時候沒幫女朋友拿過零食嗎？」

岑森終於接過從她手裡接過竹籤，還順便回想了一下，「沒有。」

「……」

鬼才信。

零食都沒拿過那李文音是在回憶個鬼哦。

季明舒氣悶地走向一家牛肉粉店，岑森卻在身後出言提醒，「前面那家味道比較好。」

「你怎麼知道？」

岑森聲音平淡，「我以前在這裡念書。」

……？

季明舒怔了兩秒，轉頭看向馬路對面的小學。

——星城師大第二附小。

校名的紅漆有些斑駁，和老舊的警衛亭一樣，似乎已經多年沒有翻修。學校裡面的馬路被兩側繁茂樹木遮掩，越往裡越看不真切，只隱隱約約地能見到遠處的磚紅色教學大樓。

岑森以前在星城的時候，就在這裡念書？

不知怎地，原本看起來平平無奇的一條小街，忽然間多出股舊時光的熟悉味道，讓人莫名地，想要多加瞭解。

╳

直到跟著岑森進了牛肉粉店，季明舒仍在仔仔細細地四處打量，她很難想像，小蘿蔔頭時期的岑森，曾在這裡長久生活。

岑森以為她是犯了公主病不能接受這種樸實的環境，還在塑膠凳上鋪了兩張衛生紙。沒想到季明舒根本沒看見，打量完便自顧自扯了張塑膠小凳落了座。

老闆上下打量岑森，眼神似乎在說「一個大男人比這漂亮女娃娃還講究像什麼話」。

岑森倒面不改色，坐下徑直點餐，「兩碗牛肉粉，微辣。」

季明舒糾正道：「我不要牛肉，我要三鮮。」

「好哦。」老闆爽快應聲。

這時小學生還沒放學，老闆三五分鐘就俐俐落落地幫他倆煮好了粉。

老闆是個老實人，差別待遇搞得非常明顯，岑森那碗算是正常分量，可季明舒那碗，三鮮粉上的三鮮料堆成了小山。

遺憾的是，季明舒的小鳥胃註定要辜負老闆這番加量不加價的美意。她長期控制飲食，生理和心理都已有了慣性，幾根雞柳下肚，熱量數字便在腦海中飛速打轉。

這時她吃不下，只有一搭沒一搭地拿著筷子在碗裡攪和。

許是覺得氣氛過於安靜，她邊攪和還邊問岑森：「你小學的時候經常來這家店吃嗎？」

岑森往碗裡加了點辣椒，「沒有經常，一般都回家吃。」

提到回家，季明舒不免想起陳碧青和安寧。就見了那麼一次面，岑森好像就沒再和她們聯繫，他是打算就這麼不管了嗎？

季明舒托著腮，狀似不經意地說了句：「我看動態，安寧好像開學了。」

岑森抬眼一瞥，不知道腦迴路是怎麼轉的，忽然問：「你是想問岑楊回沒回來嗎？」

「……？」

「我沒有。」

季明舒下意識否認，內心還有點懵。

天地良心，她現在每天累得像狗似的，哪有空去想岑楊啊。

岑森不知道信不信，反正也沒接話。

季明舒回過神來，覺得他突然話鋒一轉帶到岑楊，可能是因為不想聊家庭問題，倒也沒再勉強。

畢竟這事和她關係本就不大，她也自問沒那個本事，去充當調和劑修復塑膠老公家裡亂成一團的親情。

下一秒，她倒想起了和她關係大的事。

李文音那採訪可真是情真意切對他們的戀情懷念得不得了呢，不就三個月能有多稀罕？她是沒見過男人？就這麼塊又冷又硬的臭石頭，也就李文音那小白蓮還當塊寶巴巴捧著！

不想這事還好，一想她就渾身難受，瘋狂想要作妖。

冷不防地，她拎起醋瓶，哐哐給岑森加了半瓶醋，還盯著他的碗虔誠道：「我覺得加點醋比較好吃。」

岑森筷子一頓，也沒多說什麼，只把兩人的碗換了個位置。

✕

從牛肉粉店出來時太陽已有西下跡象，對面小學生放學，不是伸長脖子在找家長，就是在排排站上校車。

季明舒站在路邊，忽然也像小學生似的，拽著岑森不肯動了。

岑森：「怎麼？」

季明舒：「腳痛，走不動。」

一次警告，季小雀開始作妖了。

岑森垂眼一瞥，「那我叫司機開車過來。」

季明舒伸出根手指比劃道：「這裡是單行道，車掉頭過來還要繞好大一個彎。」

她連駕照都沒有，倒是很懂交通規則。

岑森輕笑一聲，沒管她，打算撥電話。

可她伸手蓋住手機，理直氣壯道：「你怎麼這麼喜歡給別人添麻煩。」

岑森用一種「誰都有資格說這句話但你沒有」的眼神掃了她一眼，安靜片刻，又問：「那你想怎麼樣，背你嗎？」

季明舒雙手環抱望瞭望四周，故意做出雲淡風輕的姿態，還半瞇著眼，「小時候我每次走不動，岑楊哥哥都會背我。」

「……」

岑森垂眸，繼續翻司機電話。

「……？」

他這什麼大便態度？

她又不會真要他在一群小學生面前背，但好歹也稍微表示一下作為丈夫的溫柔體貼吧，以前難道沒背過李文音嗎？怎麼背她就不行！

季小雀越想越氣，越想越上火，不假思索便道：「也不知道岑楊哥哥什麼時候回來，岑楊哥哥從小就聰明，這些年在國外應該也發展得不錯吧。說起來我都沒見過幾個像他那麼優秀的男孩子，而且他還特別善良，小時候巷子附近的流浪貓都是他餵的。」

就在季明舒小嘴叭叭胡編亂造的時候，司機已經接到通知將車開過來了。

岑森上前拉開車門，忽然又頓了頓，回頭看著季明舒，不鹹不淡說了句：「他的中華傳統美德很多，可惜我都沒有。」

季明舒：「……？」

沒等她所作反應，車門便「砰」的一聲緊閉。

那「砰」的一聲響在耳邊，還頗有幾分餘音繞梁三日不絕的意思。

季明舒二十多年還從沒被人甩過車門，驟然被甩，腦子裡先是一懵，而後又冒出一長串問號，岑森他是瘋了嗎？竟然這樣對待他明媒正娶回去的結髮妻子？是不是人？

她快步上前，把另一側的車門也甩得震天響。

季明舒的語言組織能力向來很強，在上車這前後不過數十秒的時間裡，她就已經編排好了一長串振聾發聵直擊靈魂的質問之詞。

可在對上岑森視線的那一瞬，她腦海中倏然閃過一個奇怪的念頭：等等，他該不會……在吃醋吧？

這麼一想，季明舒眼神閃了閃，莫名有點小心虛。

谷開陽：【這還不是吃醋難道是喝油？】

蔣純：【醋瓶本瓶，鑑定完畢。】

蔣純：【不過這就是傳說中的朋友即本人吧？季小仙女，在我們面前曬恩愛不需要這麼委婉，請直白一點，謝謝！】

谷開陽：【加一，而且你除了我們倆，哪還有別的朋友？】

季明舒：【？】

谷開陽：【說錯了，我的意思是，除了我倆，還有哪隻野雞的感情故事值得你如此操心？】

季明舒：【……】

是本野雞沒錯。

一臉卑微。

第十章

那天回到飯店，季明舒就和岑森陷入了一種非常微妙的僵持狀態。

兩人沒有吵架，也談不上冷戰。在飯店時還是會一起吃飯，晚上也會睡在一張床上，甚至早上起床，兩人還能並排站在洗手臺前一起刷牙。就是互不搭話。

岑森是習慣性沉默，季明舒則是有更為糾結的事情，一時也顧不上和他破冰。

持續糾結了一天半，她最後還是把懷疑岑森吃醋這事，轉化成了一個拙劣的朋友故事在姐妹群組講了一遍。

雖然這時彩虹屁小分隊成員已經鑑定為貨真價實的「吃醋」，但季明舒依然不敢確信。因為岑家的家事不好往外宣揚，所以她在轉化的過程中，省略了岑森和岑楊之間更深一層的關係，可就是這更深一層的關係，讓她內心深處更偏向於岑森並非吃醋，而是不想聽到任何人提起岑楊。

✕

在季明舒翻來覆去的糾結中，《設計家》的錄製也終於走到了尾聲。

前前後後一個半月，季明舒踩廢了六雙高跟鞋，在基數極小的情況下硬是瘦了整整兩公斤。

最後一天錄製，裴西宴送了禮物給搭檔的幾人以及工作人員。

禮物都是些規規矩矩惹不出是非的東西，馮炎是刮鬍刀，顏月星是保養品，都是他自己代言的產品。

季明舒的稍顯特別，是一盒維生素，ABCD應有盡有，裡面還有讓她好好補充營養以防隨時暈倒的小紙條。

裴西宴還未成年，走的也一直是和他個性完全吻合的冷酷男孩路線，顯然不可能這麼周到體貼。

可季明舒硬是從團隊準備的這滿滿一盒維生素中看出了宴仔對她的關心和愛護，感動得連發三則動態狂吹裴西宴的彩虹屁，還說裴西宴的下一部電影一定要請全社群的人包場支持，見者截圖存檔，人人有份！

一時間，她這三則動態下全是跟她一塊兒吹彩虹屁還有調侃她闊綽大方的。

花他的錢追星，是挺大方的。

岑森看完動態，面無表情關了手機。

×

錄製結束，季明舒自然要回平城。只不過岑森在星城這邊的公事還沒處理完，不能跟她一起走。她也無所謂，心裡還悄悄打著自己先回去好好會會李文音這小白蓮的主意。

季明舒的確是打算走，但在她的原計劃中，她還要在星城多待兩天，去某家網紅咖啡館拍拍照。只不過谷開陽悄悄遞來個小道消息，說明天的某場品牌酒會，李文音會和一個投資人一起參加。

得到這消息，季明舒招呼都沒打，就提前出發飛回了平城。

飛機降落在平城T二機場的那一剎那，季明舒看著窗外將斜未斜的夕陽，心底油然生出一種外出打工多年終於返回家鄉的感懷之情。

嗚嗚嗚！

生我養我的平城，終於回來了！這是本仙女最閃耀的主場！

還沒出機場，她就已經揪住谷開陽和蔣純，約了個水雲間的溫泉三人行。

泡在當初想進不得進的人蔘私湯裡，蔣純有點興致缺缺地撩了撩水花，「這人蔘的也沒什麼特別的啊。」

季明舒上下打量她一眼，戳了戳她圓潤的肩膀，「你以為有多特別，能一泡掉一公斤？不是我說你，你能不能稍微有點作為女孩子的自覺，看看你這肩膀，你這鎖骨。哦，你沒有鎖骨。」

「……」蔣純也真是不知道自己做錯了什麼，「一個多月沒見你能不能稍微溫柔點。」

季明舒上手按了按，笑咪咪地溫柔道：「對不起，是我說錯了，你有鎖骨，只是你的鎖骨長得比較隱晦。」

蔣純拍開她手，一臉「你可快閉嘴吧」的便祕表情。

谷開陽最近一個多月都和蔣純混在一起，兩人神不知鬼不覺地，悄悄背叛了季小仙女，將弱小力量擰成了一股繩。

這時見蔣純受到欺負，谷開陽便拍了拍蔣純的肩安慰，「她也就跟自己人橫，你看她明天見到李文音敢不敢這麼橫。」

季明舒踹了她一腳，「我有什麼不敢？哎我發現你還滿會長他人志氣滅自己威風的啊，什麼極品牆頭草，倒這麼快。」

季明舒忙著對付谷開陽和蔣純這倆弱小，也沒注意放在池邊的手機「叮叮咚咚」進來了一串新訊息。

這新訊息是《設計家》節目組的工作人員傳來的。

季明舒他們這組的錄製昨天上午全部結束，正經的節目組做事還是規矩，合約寫得明明白白，一天都沒拖。

同期錄製的其他組也基本都同時結束了改造工程，最遲的是李澈他們組，因為出現了些意外情況，今天白天還補拍了一段。

就和電影殺青要辦個殺青宴一樣，綜藝錄製完畢，節目組也組了個殺青局，一則感謝大家多日辛苦，二則提前預祝節目紅紅火火。

可昨天錄製結束導演說這事的時候，季明舒去了洗手間，根本沒聽見。導演讓和季明舒相熟的工作人員轉達，工作人員應是應了，可後期收尾工作一忙起來，就把這事給忘到了九霄雲外。

這時節目殺青宴現場，被囑託的工作人員終於想起還沒通知季明舒。她心底一慌，趕忙打電話傳訊息給季明舒，只是始終沒有回應。

不巧製片人又逮住她問：「設計師那邊都到齊了嗎？」

她硬著頭皮，心虛道：「到……到齊了，只不過C組的季明舒，季設計師，她臨時有事，來不了。」

製片眉頭一皺，「什麼事？」

「不知道……」

製片正準備訓她幾句，可剛好有人跑來通知，說贊助商那邊的人來了。他一時也顧不得這麼多，趕忙去外頭迎人。

這次贊助商那邊來的人可不得了，聽說是君逸集團的少東家，真真算是等閒難見的人物。

這少東家也是因為重視旗下「雅集」專案的開發，又剛好在星城辦事，才能撥冗前來參加。

如果能讓這主子對他們節目另眼相待，這第二季第三季的投資方爸爸不就有了著落嗎？想到這，製片瞬間笑眯了眼，看岑森的眼神像是看到了一位行走的財神爺。

岑森和季明舒已經多日沒有交流，兩人好不容易稍有鬆動的關係一夕之間像是回到了回國之初。

而且最近季明舒很奇怪，時不時就盯著他打量，但又沒有追究那日的車門事件，也沒給他甩臉色翻白眼，很不像是她的個性。

被製片迎進主廳，周佳恆上前，幫岑森脫下大衣外套。

岑森抬手整理襯衫衣襟，似是不經意般在大圓桌上掃了圈。

在主賓席上落座，岑森稍稍抬頭，問了聲製片：「都到齊了嗎？」

製片忙應：「到齊了到齊了，除了小裴要上課沒辦法來，其他人都到齊了。」

岑森：「嗯，是嗎？」

製片一頓，又補充道：「噢，還有一位季設計師沒到，她今天有些私事，臨時來不了。」

想起贊助商這邊一開始就對季明舒不甚待見，他呵呵一笑，說：「這季設計師……還是年輕了些，女孩子嘛。說起穩重成熟，那還得說到吳設計師和楊設計師，兩位這次的表現那也是相當不俗啊。」

他誇的這兩位正好是君逸看中塞進來的。

誇完，他觀察了下岑森的神色，倒也無甚變化。

節目組也不只總製片一個人知道早期贊助商挑明拒絕重點拍攝季明舒的事，這時季明舒也不在場，也都跟著總製片一起，欲言又止地踩踩季明舒，再誇幾句君逸看中的設計師。

顏月星聽這風向，也忽然笑了聲，「季設計師還是滿會折騰人的，哎，我跟她待了一個多月，也是累得不行了，可能還是缺乏經驗吧，好羨慕你們D組和E組哦……」

她意有所指的話還沒說完，主賓席那邊冷不防地重重放下酒杯。

滿座倏然安靜，齊齊望了過去。

岑森就那麼神色沉靜地坐在那，目光在顏月星身上落了不足三秒，又很快移開，情緒難辨。

製片心裡「咯噔」一聲，忙起身給岑森添酒，緊接著又岔開話題道：「不知道岑總常不常來星城，這邀月樓的蟹可是星城一絕啊，待會上來您一定要嚐嚐！」

雖然不知道哪句話沒說對，但製片還是看出了投資方爸爸心情不悅。

他心裡敲著小鼓，將希望全都寄託於投資方爸爸心胸寬廣不與他們多加計較，當然，投資方爸爸要是能順著自己的話頭輕輕揭過這頁，就再好不過了。

非常不幸的是，岑森並沒有接他這話，自顧自地起了身往外走，連句「失陪」都沒留下。

恰逢服務生上菜，寬敞包廂裡，主角一個往外走，一個喊著「岑總」、「岑總」忙往外追，剩下一桌人面面相覷，場面瞬間變得特別詭異。

「發生什麼事了？怎麼突然走了？」

「不知道啊，莫名其妙的。」

「也太不給老楊面子了吧……」

「老楊哪那麼大面子。」

✕

包廂內大家嘀咕討論，包廂外夜風疏冷。

周佳恆跟在岑森身後，邊走邊拉著大衣。

岑森穿好後，稍稍抬手理了理領口，由始至終，他都沒給製片半個眼神。

製片火急火燎的，不敢拽岑森，只好拽著周佳恆，非要問個明白。

周佳恆跟在岑森身邊久了，遇事也比較淡然，他輕而易舉便掰開製片的手指，上車前，還冷淡地說了句：「楊製片還是少論是非的好。」

誰論是非了？剛剛他們不還誇著君逸要捧的那兩位設計師嗎？

「……？」

楊製片這會是真心沒搞懂，只能眼睜睜看著岑森的座駕倒出車位，從主路上疾馳離開，滿腦子都是「完了完了贊助不會要沒了吧」的念頭。

車上，不消岑森吩咐，周佳恆便查到季明舒的行蹤，並一一報予岑森。

岑森「嗯」了聲，看向窗外，心情似乎不佳。

他知道季明舒有很多毛病，但這並不代表，他喜歡聽別人來指摘自己的太太。

周佳恆見狀，忙主動承認錯誤，「抱歉岑總，是我失職了。」

岑森能去參加投資的一個小節目的殺青宴，顯然是因為季明舒。

可他作為貼身助理，連季明舒下午就回了平城這事都沒查清楚，確實失職。

更為失職的是，他就那麼放任那群不長眼的在岑森面前議論季明舒，活生生地撞槍口。

「今年年終獎金不用領了。」

岑森看著窗外，眼都沒抬。

周佳恆肉痛了下，明知遷怒，倒也沒有二話。

《設計家》的贊助早已撥出，節目也已錄製結束，這時因為一時不快中斷合作，顯然不太現實。

但今天在場內涵過季明舒的，若往後還能在君逸的投資項目中露面，他這總助就該捲捲舖蓋迅速走人了。

他這時唯一祈禱的就是，《設計家》這節目能順順利利播出，千萬不要再作出和總裁夫人有關的妖了。

✕

岑森這邊驟然離場，惹得節目組人心惶惶。

季明舒那邊泡完溫泉，才剛看到工作人員傳來的訊息。

她看了眼時間，回了句「抱歉，我不在星城」，就沒再多加理會。她的心思這時全都撲在「明天要如何豔壓李文音」的事上了。

季明舒和李文音的恩怨纏纏綿綿二十多年，一起長大的這些無人不知無人不曉。

她倆結仇根源最早能追溯到小學一年級。

那時候季明舒把國外帶回來的糖果送給班上長得超好看的小男生。

小男生收了，卻轉送給李文音。

李文音知道糖果是季明舒的，還咬著糖果在季明舒面前炫耀。

季明舒氣得不行，便和她打了一架。

人和人之間的磁場像是冥冥中早有註定，從小學一年級開始，季明舒和李文音就不對盤，此後多年芥蒂也越來越深，全無和解可能。

✕

次日下午，品牌酒會在平城藝術中心舉行。

季明舒看邀請函才發現，這次酒會的關鍵字是休閒，所以她原本想用華麗的禮服裙豔壓李文音的主意在這裡根本不適用。

挑來挑去，她最後選了條酒紅色的及膝抹胸裙。既不顯得過分隆重，又能勾勒出她玲瓏有致的身段。再配上珍珠白的小手提包，完美！

可好巧不巧，李文音今天穿了條珍珠白的抹胸連身褲，還拿了個酒紅色小手提包。

她挽著投資人的手淺笑逢迎，舉手投足間都是往外滿溢的嫺靜書卷氣。

以季明舒為首的一圈小姐妹湊著堆遠遠打量她，你一句我一句地對她挑剔。

不知是誰調侃了句：「明舒，你和她今天這打扮有點像紅玫瑰和白玫瑰欸。」

馬上便有人反駁：「白玫瑰，她也配？」

「就是，你會不會說話呀，欸你不知道她媽媽以前是明舒家的保姆嗎？」

「啊？還有這件事？」

「對啊，還不是季家好心才收留她們母女倆，結果她從小就和明舒作對，也不看看自己什麼身分。」女生聲音溫柔，言語間卻是掩藏不住的譏誚。

蔣純站在季明舒身邊，心裡訝異了一聲，忽然有種李文音拿了灰女生逆襲劇本，而她們這一群全員皆是惡毒女配的錯覺。

不只蔣純有這錯覺，季明舒更是從小就在心裡扎了這根名為「李文音」的大女主刺。時隔多年，她這刺也未能拔出，時不時地發作，折磨得她想要割肉剜骨。

不同於季明舒她們這些千金無事可做，到了酒會也只熱衷對他人品頭論足。李文音來這酒會是特意請人引薦電影名導，想請人家做電影監製，為她螢幕處女作保駕護航的。

她自然也瞧見了季明舒，但她這麼多年從未把季明舒放在眼裡，姿態也一如既往地擺得很高，連半個眼神都不屑多給。

李文音這種態度擺明了是要無視，季明舒心裡不爽，倒也不可能無緣無衝上去挑事。她喝了杯紅酒壓氣，又若無其事般和蔣純一起看臺上表演。

蔣純壓低聲音問：「你們不打算正面決鬥？」

季明舒：「怎麼正面？」

蔣純：「你不是專程來豔壓她還要警告她不要拍那破電影的嗎？那你們至少要來個放狠話潑紅酒之類的環節吧。」

季明舒：「你小說看多了吧還潑紅酒……」

蔣純邊吃蛋糕邊小聲碎碎念，傳授各類情敵決鬥的制勝法寶給季明舒。

季明舒也是骨灰級小說讀者，越聽越不對勁，總覺得蔣純支援給她的招都是傻子女配才會幹的那種，實在是太掉等級。

蔣純說著說著，忽地一頓，「她去洗手間了，快，快跟上去！」

她邊說還邊推了把季明舒，「你可以拿掃帚把她鎖在隔間裡，或者是潑她水！」

瘋了吧是，這什麼場合，廁所怎麼可能有掃帚。

季明舒被推得起了身，邊胡思亂想邊不由自主往洗手間走。

✕

藝術中心的洗手間也很有藝術氣息。

若不是門前女廁標識明顯，往裡一推可能會以為誤進了什麼高級化妝間。

季明舒在洗手臺前心不在焉地補著妝，眼睛盯著鏡面，全神貫注地注意著身後隔間的動靜。

大約過了三分鐘，李文音才從隔間出來。

見季明舒在洗手臺前補妝，她略微一頓，倒也沒有特別意外。

季明舒第二次往臉上拍粉餅，待李文音走至身側洗手，她雲淡風輕地說了句：「好巧。」

李文音輕笑，沒有抬眼，「我看不巧。」

季明舒：「……」

洗完手，李文音扯了張紙巾，邊擦邊從鏡子裡看季明舒，聲音瞭然，「這麼多年沒見，沒想到你還是這麼幼稚。」

「？誰幼稚？」

季明舒一秒進入作戰狀態。

「季明舒，你有錢有閒，去做點有意義的事情不好嗎？大家都是成年人，不要再玩這種小時候的把戲了。」

李文音又拿出口紅，氣定神閒地補了層淺淡唇色。

季明舒怔了三秒，忽地氣笑，聲音也拔高了不只一個調，「都是同個山上的狐狸你在我面前演什麼聊齋，誰在暗地裡作妖你心裡沒點數？連怎麼做一個安靜閉嘴的前女友都不會，你在我面前裝什麼知性優雅？」

「你知道我要拍電影？」李文音頓了幾秒，忽然看她一眼，「阿森告訴你的嗎？」

這事和岑森什麼關係？

而且，她叫他阿森？

見她表情，李文音忽地輕笑，「我猜，阿森肯定沒有告訴你君逸投資我電影的事情。不過他都不介意，你在介意什麼？你喜歡他這麼多年，又使了手段如願嫁給他，還沒得到他的心嗎？」

她已經收拾停當準備離開，和季明舒擦身而過時，不知又想到了什麼，輕輕飄飄在她耳邊說了句：「真可憐。」

那一聲「可憐」，帶著從學生時代起便烙在季明舒心上的耿耿於懷，讓季明舒的心臟驀然攥緊，好像不能呼吸。

李文音的高跟鞋滴滴答答往外敲，一路漸行漸遠。

而季明舒建設多天的心理防線，被李文音不鹹不淡的幾句話輕易擊潰，洗手間的燈光亮得晃眼，這時她只能撐著洗手臺，讓自己強行站穩。

✕

接到季明舒電話時，岑森正在江徹的高爾夫球場和他一起打球，除了他倆，舒揚和趙洋也在。

四人都站在一塊，離得很近。

見是季明舒電話，舒揚還不懷好意地調侃了聲：「喲，小舒舒還查勤啊！」

這是僵持多日季明舒第一次打來電話，岑森沒理他，徑直按了接聽。

也不知手機出了什麼毛病，明明沒按擴音，聲音卻大得周圍三人全能聽見。

電話那頭季明舒的聲音有點顫抖，還有點刻意壓制卻壓不下去的歇斯底里。

「你還記不記得我跟你說過的話？」

「你又記不記得自己跟我保證過什麼？」

「你投資李文音紀念你們愛情的電影是什麼意思？想要打腫我的臉讓全世界看看我有多可笑嗎？！」

過了幾秒，她的聲音稍稍平靜，「岑森，我跟你已經無話可說了，你什麼時候回來？我們離婚。」

秋日下午，陽光和煦，微風宜人。

可隨著電話那頭斷線的「嘟」聲響起，以岑森為中心，周圍溫度迅速降至冰點。

離婚？

季明舒剛剛提了離婚？

舒揚還不如悄悄躲進雲層的太陽會看人臉色，「臥槽」一聲，嘴巴沒守住就驚訝問道：「你和李文音舊情復燃了？什麼時候的事？臥槽森哥你怎麼搞的？還搞得季明舒都知道了！這怎麼辦？」

岑森沒多解釋，按快速鍵撥給周佳恆，聲音低沉，「安排一下，馬上回平城。」

江徹聞言，放下球杆，拍了拍他肩膀，沒有出聲。

趙洋也沒出聲，但他想的問題，其實和舒揚一模一樣。

這也怪不得，他倆都是浸在女人堆裡的人物，情場浪子，閱女無數，沒有什麼忠於愛情忠於婚姻的觀念操守。

這時以為岑森出軌李文音，還在季明舒面前翻了車，想法也都是偏向於如何維護自己哥們的利益。

岑森走後，兩人邊打球邊討論。

舒揚：「沒想到李文音魅力還滿大的啊，這才回來多久，又搭上了。」

趙洋想了想，說：「可能是個性吧，季明舒她主要就是那個性，一般男人真受不了。」

舒揚：「這倒沒錯，欸，你說，他們不會真離吧？」

趙洋：「哪能啊，你當季如松季如柏是擺設？他們兩家集團有多少合作你難道不知道？

而且基本都是季家在沾岑家的光。這事主要還是看森哥意思，他如果想離，那沒這件事也得離。」

「說的也是，」舒揚點點頭，「不過岑老爺子和岑老太太都那麼喜歡季明舒，肯定不能同意啊。還有岑伯……不是我說，就算離了，那李文音也不可能進門吧，岑伯那關就過不了。」

聽到這話，趙洋輕嗤：「得了吧，還進門，你難道就沒看出來森哥壓根就沒想離？不然這麼快回去幹什麼。季明舒那也只是說說而已，你瞎操哪門子心呢。」

……

他倆越聊還越起勁，岑森走了不到五分鐘，兩人都已經聊到了離婚後財產該如何分配。

江徹對婚姻的態度和他們向來不同，但自己兄弟，也不好多說什麼。他遠眺綠茵盡頭，只不鹹不淡說了句：「別說了，少管閒事。」

不得不承認，江徹這句「少管閒事」很有遠見，只可惜他的提醒力度太低，不過轉個身的功夫，趙洋和舒揚這倆大嘴巴就不小心把事給漏了出去。

岑季兩家的聯姻本就備受矚目，驟然生變，自然是一傳十十傳百。

傍晚時分，這事風風雨雨幾經變幻，已經傳到了季家人的耳中。

季明舒最先接到的，是大伯母和二伯母的電話。

她倆說辭差不多，都是聽說她要離婚，打來問問什麼情況。還說岑森要是欺負了她，讓她受了委屈，季家肯定要幫她討回這個公道。

季家娶回去的媳婦也都是名門之後，涵養好，話術也周全妥貼。

如果沒有最後那些「勸和不勸分」的經典語錄，季明舒可能會真的以為，她們就是打電話來護犢子的。

她敷衍兩聲，心情在跌至谷底後，好像又浸入了一灣寒潭。

大約是她不甚明朗的態度讓季家有了危機感，兩位伯母勸完，大伯季如松竟也親自打來電話。

「小舒，你和阿森是怎麼回事，怎麼突然都在傳，你要和阿森離婚呢？」

季如松沒繞圈子開門見山，聲音則是一如既往，溫和又不失上位者的威嚴。

季明舒正蹲在地上收拾行李，連續接了幾通電話，對季如松的問詢並未感到意外。

她將手機開了擴音放在一邊，語氣平靜，「是我提的，伯伯，我和他已經過不下去了。」

「還真是你提的？」季如松本來不信，這一聽，到底還是急了，「小舒，你怎麼能這麼任性哪！」

季明舒垂著眼，沒接話。

季如松這時還在公司，一手拿著手機，一手背在身後，被這侄女搞得整個人都有些頭大。

他盡量讓自己心平氣和下來，「小舒，伯伯也不跟你繞圈子，你是成年人，做事不能隨著自己的小性子來！你知不知道現在岑氏和伯伯合作的南灣專案有多重要？」

「今時不同往日了，岑氏不一定要和我們季家合作，但我們不和岑氏合作，這個專案還有人能吃得下嗎？所有開發都要止步！」

季如松恨鐵不成鋼又不忍責罵的話語落在耳邊，讓季明舒原本就一團亂的腦子變得越加混亂。

她慢慢放下手中衣物，又慢慢伸出雙手，掩住面頰。

其實季如松如果一上來就劈頭蓋臉毫不留情地罵她，她還可以理直氣壯地說，他們對她好就是為了聯姻，他們根本沒有資格擺出長輩姿態對她橫加指責。

可季如松沒有。

她比任何人都要清楚，季如松和季如柏對她的付出是有目的，但那些付出也不等同於虛情假意。

小時候，學校裡有同學嘲笑過她沒有爸爸媽媽，是垃圾堆裡撿回來的野孩子，她被氣哭了，跑去和季如松告狀。

季如松知道後，二話沒說就風塵僕僕從外地趕回來，去到學校找老師談話。放學將她領回去時，季如松還在路邊便利商店買冰淇淋給她，牽著她的手邊往家走，邊耐心哄道：「小舒是季家的小公主，怎麼會是垃圾堆裡撿回來的野孩子呢，下次再有人胡說，你還是要記得告訴伯伯，伯伯幫你去抓壞人，好不好？」

大人刻意放慢的腳步和窄窄的小巷早已泛黃，此刻想起，歷歷種種卻仍清晰如昨。

她的鼻子忽然一酸，眼淚不受控制地流了下來。

過了很久，她對著電話那頭哽咽道：「伯伯，對不起，但是我真的……我真的不想再這樣了，我很難受，我現在很難受。」

她不能去想岑森和李文音在一起的畫面，也不敢去深想李文音說的那些話，更無法說服自己，她只是在氣岑森打她的臉而已。

明明只是聯姻，可倏然間多了別的東西，利益也變得不純粹。

傍晚的夕陽像糖心鹹鴨蛋黃，橘裡透紅。

季如松站在窗前，也忽然沉默。

他記得，季明舒父母雙亡被送回季家老宅，也是在這樣一個黃昏時分。

那時小女生像個小小的糰子，穿蓬蓬的公主裙，手裡抱了個漂亮洋娃娃，還不諳世事。

小女生見到他便笑彎了眼，阿姨教她喊「伯伯」，她蹦出口，卻變成了好笑的「蘿蔔萄」。

那光景，季老爺子還在，他也才剛接手季氏部分業務，年輕氣盛的，對親弟弟留下的小女兒也是打心眼裡疼愛。

不像如今，千帆過盡，什麼感情都淡。說來也是奇怪，人年紀越長，竟變得越來越身不由己。

他扶著窗前欄杆，聲音也逐漸緩了下來，「小舒，伯伯不是想要逼你，只是希望，你能稍微為家裡考慮一下。現在你情緒不好，伯伯也不多說，你可以先冷靜一下，再和阿森好好談談。」

季明舒雙手環抱著雙腿，腦袋埋進臂彎，久久沒有出聲。

季如松嘆了口氣，自行掛斷了電話。

×

岑森回到明水公館時已是晚上九點，明日大約不是晴天，夜空中沒有半顆星子。

二樓主臥的房門沒關，衣帽間也開著燈，門口擺了兩個行李箱。

岑森神情如常，走近衣帽間，看著正蹲在裡頭收拾行李的季明舒，淡聲問了句：「你想去哪？」

季明舒背脊一僵，沒有回頭，也沒有應聲。

「柏萃天華？你二伯剛打過電話給我，他覺得，你需要在家好好冷靜一下。」

柏萃天華的房子是季如柏送的，比之季如松，季如柏的心向來要更硬幾分。

季明舒聽明白這意思，倏然起身，轉頭盯了岑森幾秒，行李也不收拾了，提起門口的箱子就想往外走。

岑森卻忽然伸手，將人一把攔住。

「你想幹什麼。」季明舒垂下眼瞼，聲音偏冷。

岑森深深睇她一眼，「明舒，這句話應該是我來問你才對。」

兩人錯著一個身位，停在擦肩而過被攔的姿勢上一動未動。

長途疲累，岑森的聲音低沉嘶啞，還帶著些許說不上來的煩悶。

「李文音的電影，不是我批准投資的，我也沒有想過打你的臉。你發脾氣前，其實可以先問我一句。我不是每一次都可以放下手中所有事情，回來處理你一時不高興的大小姐脾氣。」

聽到後半句，季明舒忽然想笑，「你現在覺得我是一時不高興在鬧脾氣，對嗎？」

她鬆開行李箱，抬眼看著面前的高大男人，揚聲質問道：「你說李文音的電影不是你批准投資的，那君逸投資她的電影是不是事實？」

岑森神情冷淡，沒接話。

季明舒：「那就是事實了？」

季明舒感覺自己的五臟六腑都氣得發疼，她聲音越來越高，語速也越來越快，「你的公司，投資你初戀情人拍來紀念你們純潔愛情的電影，你現在是不是還想告訴我你一點都不知情，甚至你現在知情了也沒有阻止的權利？岑森，你二十七了，你現在是要告訴我你只懂工作不懂人情世故連這麼基本的避嫌都不懂嗎？！」

岑森：「不是你想像的那樣。她透過陳董牽線找到君逸投資，陳董和我爸是老相識，公司也有合作，我不好不給他面子，所以我讓李文音從旗下的投資公司走正常評估流程了。」

岑森自認已經拿出十二萬分的耐心，解釋也很客觀，「她能拿到這筆投資是因為做評估的團隊覺得，她的電影能夠得到比投資更高的回報，最後投不投不是我做的決定，也與我無關。」

「與你無關？」季明舒怒極反笑，越往下說，聲音也變得越加顫抖越加哽咽，「你是要告訴我你手下的人這麼不會看眼色嗎？你如果有任何避嫌的表現他們會看不出主動規避嗎？！」

她又點點頭，「好，我不跟你追究這些，那你現在知道她拿到了君逸的投資，知道了她要拍什麼東西，你現在就打電話讓集團取消投資，你現在打電話想辦法不讓這部電影拍出來！」

「季明舒，我覺得你現在需要冷靜一下。」

岑森聲音很沉，攥住她想要掙脫的手。

季明舒看他，毫無預兆地，淚珠忽然滾落。

她用力掙開岑森的禁錮，用手背擦了擦臉，可眼淚成串往下掉，怎麼擦也擦不完。

岑森心底湧上一種說不上的躁意。

季明舒往後退了兩步，「我現在很冷靜，你不肯對嗎？還是你辦不到？君逸的岑總，岑氏的岑總，你要撤資一部還沒開始拍的電影真的很難嗎？你到底是辦不到還是不願意去辦！你不願意，可以，我們離婚，我受夠了！」

說到最後，季明舒已經歇斯底里到了崩潰的邊緣。

那些隱藏在內心深處的，她不願觸及的細小情緒，全都在此刻控制不住地往外傾瀉。

她滿面淚水，肩膀和手指都在顫抖。

沒錯。

她季明舒就是個惡毒女配。

她就是喜歡岑森很多年就是不願面對真實情緒就是不願承認！

她就是嫉妒，嫉妒李文音從小就拿了灰女生逆襲大女主的劇本，嫉妒李文音明明長相身材家世什麼都不如她卻得到過岑森的心並且只要再次出現岑森就會對她動惻隱之心！

而她季明舒，嫁給岑森已經三年了，岑森就是不喜歡她而且永遠也不會喜歡她！

其實如果只是商業聯姻，她也可以欺騙自己可以裝聾作啞的，可為什麼一定要是李文音呢？他是不是沒有一秒鐘考慮過她的感受？他明明知道她和李文音是什麼關係為什麼要這麼做！

「別鬧了。」

聽到季明舒說讓他想辦法不讓李文音電影拍出來、不然就離婚的言論，岑森只覺得她這會有些不可理喻。

「我沒有鬧。岑森，我是認真的，我們離婚吧。」

她一根根掰開岑森的手指，聲音破碎斷續，還有著脫力後的平靜。

她絕對不允許這場可笑的婚姻被李文音這位陰魂不散的前任寸寸剝落最後一絲尊嚴。

岑森可以不喜歡她，可以不愛她，但是不可以和她保持著婚姻狀態但是和李文音藕斷絲連，絕對不可以。

岑森只覺太陽穴突突起跳，心裡躁意越發明顯，一些不願挑明的話，不知怎地，不經思考就脫口而出了。

「離婚？你三番五次把離婚掛在嘴邊，是真的覺得離婚之後會過得比現在舒服嗎？季明舒，你離開我還可以做什麼。」

「你捫心自問，離了婚會為季家的生意帶來多大麻煩，季家的人為了解決這些麻煩，又還會不會像以前那樣對你。還有，你認識的人又還有幾個願意做你陪襯。」

「明舒，你不是小孩了，說話做事都要為自己負責任。」

季明舒閉了閉眼，「是，我是什麼都不會，什麼都做不了，就是一隻被你養著的金絲雀！所以你也從來沒有把我放在眼裡從來沒有看得起我過，不只是你，你的朋友、我的家人，他們都覺得我離開了你就是個不能獨立行走的廢物！」

「我是不如李文音，我沒有她有才華也沒有她不要臉，分手了還要打著懷念曾經的旗號糾纏前任！更沒有她的好本事還真能讓你這位前任打著妻子的臉去成全她的夢想！所以現在我想飛出去了可以嗎？我就算飛出去立馬被雷劈了也不關你的事！你給我讓開！」

季明舒用力推開岑森，這次連行李箱都不拿就想往外走。

既然岑森把話說得這麼明白，她的一切都是他給的，那這些東西她就不必恬不知恥還打包帶走了。

可她還沒走出房門，岑森就忽然從她身後攥住她的手腕，一路扯著她將她整個人往床上一扔。

他鬆了鬆領帶，面上有一層薄薄戾氣。

他傾身覆上季明舒，將她兩隻細細的手腕扭到身後緊緊箍住，另一隻手則是掐著她的下巴，強迫她接受自己的親吻。

他很少吻得這麼急，這麼烈，也並沒有細究自己為什麼要這麼做，只是下意識想要這麼做，就這麼做了。

季明舒剛剛哭過，眼睛紅紅的，略有些腫，眼周和臉蛋上都是鹹鹹澀澀的味道。

岑森從她的唇吻上她的眉眼，又到耳垂，脖頸，鎖骨，像是在她身上一簇一簇地燃著火。

最開始被扔上床的那大半分鐘，季明舒都還沒有反應過來，等反應過來又是一陣狂風驟雨般的親吻，一直到岑森開始解她衣扣，她才開始掙扎。

「你放開我放開我放開！變態！」

她的手被控得緊緊的，完全動彈不得，腿腳的踢打也平直而又無力。

一直等到岑森再次吻上她的唇，她才找到機會狠狠咬他一口，一時間，兩人口中都有鐵鏽味道蔓延。

岑森被這麼一咬，好像清醒不少，心底那股躁鬱也慢慢消散。

他撐在季明舒的身側，指腹緩緩從流血的下唇上劃過，好像不覺得疼，眼睛一直盯著季明舒，一寸寸地仔細打量著，眼神裡的情緒卻看不分明。

半晌，他起了身，站在床側慢條斯理整理著領口，目光也變得沉靜。

「我和你家裡人一樣，都覺得你需要冷靜一下，你就待在這裡，哪都不要去。」

季明舒艱難地從床上坐了起來，可沒等她起身，岑森就走出了臥室，「砰」的一聲帶上房門，並將其反鎖。

她怔了三秒，鞋都沒穿就上前轉門把。

真的鎖了。

岑森把她給反鎖在這間臥室裡了？！

季明舒站在門口，感覺腦子像是要炸開了般，思緒完全跟不上事情的發展。

岑森為什麼不讓她走？

是覺得她這樣走了讓李文音背上小三罪名太過委屈？或者他是想等三堂會審完讓季家把這些年她花掉的錢先清算一遍？

真是太荒謬了，二十一世紀竟然還有人吵架吵不過就把自己老婆反鎖在房間裡！

✕

從房間裡出來，岑森就站在樓梯口，半晌沒動。他閉著眼，回想剛剛自己做的一系列事情，好像也完全找不出什麼邏輯。

他心底唯一清楚的一件事情，就是不能讓季明舒離開。

好像所有失控都是從季明舒說出「離婚」二字開始，從在星城，從上飛機，從這一路一言不發地回家。

他揉了揉眉骨，打電話給周佳恆，「李文音那部電影，君逸無理由撤資。你再另外找一下李文音的聯繫方式，傳給我。」

十分鐘後，他撥出周佳恆傳來的那一串陌生數字。

「喂，你好。」女聲溫柔知性。

「我是岑森。」

電話那頭安靜了兩秒，又再次響起那把溫柔嗓，「阿森，你找我有事嗎？是不是明舒……和你說了什麼。」

他直入主題道：「李小姐，我和你交往過三個月，而這一段已經過去將近十年，我認為我們之間並沒有什麼東西值得拍出一部電影作為紀念，作為當事人，我也應該有權利拒絕。」

李文音一怔，又輕笑道：「現在電影都需要一些宣傳手段，觀眾不會為沒有故事的電影買單的。你可以放心，我不會暴露你的身分，我也沒有想要破壞你和明舒之間的感情……如果有的話。」

岑森聲音冷淡，「這些我不感興趣，我打這通電話也只是通知你一聲，你拍不拍是你的自由，但我太太和我，都不喜歡被任何人以任何形式拿來消費，你做任何事情，都請慎重，不然後果自負。」

說完，他徑直掛斷了電話。

✕

天氣預報即時更新，明日平城有雨，氣溫將驟降至攝氏八至十度，請市民注意保暖，安全出行。

明天才氣溫驟降，夜裡先起了端倪。

明水湖上泛起片片漣漪，屋外落葉被深秋夜風捲起，在徹夜暖黃通明的路燈映襯下，有種朦朧蕭瑟的美感。

岑森整夜沒回臥室，也沒去客房休息。打完那通電話，他就靠坐在客廳沙發上，閉眼假寐。

南面四格窗半開半掩，夜裡寥落的風往裡輕送，樹葉窸窣的聲響也在耳邊摩挲，細細聽，還能聽到低低蟲鳴。

自始至終，樓上都很安靜。

他鎖上那道門後，季明舒沒有絕望哭喊，憤怒叫罵，也沒踢門踹門，徒勞掙扎。

她太累了。哭過之後，腦袋變得很重，像是沉甸甸地積著一團漿糊，一動就不停搖晃，鈍鈍生疼。

她的嘴唇、脖頸、臉頰，也有揮之不去的被狠狠親吻過的觸感，好像仍舊留有岑森的唇上餘溫。

她蜷縮在床尾的位置，懷裡抱著枕頭悶臉。

其實她原本是想緩一緩，平復一下情緒起落後的不適，沒想到她抱著枕頭，就這麼不知不覺睡過去了。

大概是日有所思，夜有所夢。

這一整夜，她都在夢李文音。

李文音爸爸是季家司機，和季明舒父母一起，葬身於外出矖恩愛途中的意外車禍。

他走後，季家可憐他家中只剩遺孀孤女，給了筆豐厚的補償金。

可李文音媽媽沒要，直言自己丈夫的去世是工作途中的意外，季家沒有對不起他，她們母女也沒有理由接受這筆巨額補償。如果是出於人情心存歉疚，她更希望季家能為她提供一個工作崗位，讓她透過自己的勞動來獲取生活來源。

她都這麼說了，季家自是滿口答應。

所以後來，這厲害女人順理成章地帶著李文音住進了季家，成為了季老太太的專職保姆，還踏著季家這塊跳板，找到了遠勝她丈夫的下家。

記得她們母女剛到季家那時候，家中上下事事照拂，李父為季家工作多年，沒有功勞也有苦勞，人不在了，情誼仍在。甚至李文音到了上學的年紀，季老太太還發話，讓她跟著去季明舒念的那所學校。

不論季家是真心幫扶還是不想落下寡恩的名聲，李文音的人生都的的確確因為季家有了實質的改變。

幼時季明舒和她爭吵，被激得口不擇言，曾氣鼓鼓地指著她罵：「你不過就是個保姆的女兒，憑什麼對我指手畫腳！」

不巧被季老太太聽見，挨了好一頓罵，還被打了下手心。

季明舒那時並不明白，季老太太懲罰她，不是因為她罵李文音為李文音帶來了傷害，而是不允許季家的女孩子說話如此沒有涵養。

她只覺得好生氣好生氣，明明她沒招沒惹，是李文音先跑來譏諷她，說這麼大的人還玩洋娃娃也不害臊，可最後挨罵受罰的都是她！

這樣的事情小時候發生過很多次，不只在家，在學校也是。季明舒吃多了悶虧，也學聰明不少，慢慢地，不會再輕易受到李文音激怒。

而且到了國高中，大家沒有小時候那麼純粹，也學會了看身世背景。

在這一點上，季明舒有天然優勢，有時候不用她多加解釋，就有一批人會自覺地站在她這一邊。

但這並不代表國高中的李文音沒有別的辦法在她跟前陰魂不散——

季明舒和室友改短制服裙，第二天就能被剛好換班值勤的李文音抓住扣分。

季明舒不愛運動，跑步龜速，李文音就能超她一圈並在超過時對她不屑嘲弄。

季明舒和朋友說某位學長長得帥氣，沒過幾天李文音就能和那學長說說笑笑，一起去學校餐廳吃飯，討論高年級題目……

諸此種種，在季明舒的夢裡依舊反覆。

夢中場景變幻起來光怪陸離，後半段，李文音身邊還多了岑森。

而她好像是以一種不存在的第三人視角，全程看著和李文音和岑森，看著他們在學校旁邊的夜市上手牽著手，看著岑森溫柔地揉著李文音的頭髮，唇角帶笑。

就是這樣透明漂浮著旁觀，她也感受到了自己心裡細細密密的酸澀。

岑森不知道季明舒夢到了什麼，只見她橫躺在床上，身體蜷縮成小小的蝦米，眉頭緊皺，手裡還緊緊地抓著枕頭。

他沒開房裡的燈，也沒發出任何響動，就著窗外朦朧淺淡的月光，將季明舒抱至床頭躺好，又將她伸展在外的手臂輕輕塞入被窩。

做完這些，他安靜地坐在床邊，垂眸打量季明舒的睡顏。

心底有些想要伸手觸碰的欲望，可不知為何，他的手停在床側，始終沒有抬起。

坐了半晌，他又起身，為季明舒拉了拉被角，而後無聲地退出房間。

凌晨三點，夜風收歇。

窗臺邊，秋海棠未眠。

✕

次日一早起床，季明舒的眼睛還瘆瘆脹脹，抬手一摸，能感覺到眼皮微腫，有細微的刺痛。

其實情緒這東西，來得快，去得也快。昨晚哭鬧一場，醒來後，她心裡空空蕩蕩的，再想起夢裡場景，什麼欲望都很淺淡。

在床上呆坐半晌，她起身去浴室簡單洗漱。

床頭手機處於靜音狀態，但從昨天下午開始，就會時不時地因為新訊息進來而亮起螢幕。

洗漱完，她拿起手機掃了眼。

通訊軟體裡訊息太多太多，相熟的不相熟的，安慰的試探的，一個都沒落下。

她往下滑著沒翻到盡頭，又往上回翻，看到谷開陽和蔣純昨天深夜還在無條件地辱罵李文音、為她出主意的訊息，心底不由一暖。

谷開陽並不知道她對岑森心緒的變化，以為她只是因為被岑森和李文音打了臉，發著火不痛快，還自製了張貼圖——舒寶別怕只管幹。

谷開陽：【現在外面在傳你要離婚？！絕對不行！哪能就這麼便宜那狗男人和小賤人！他爺爺奶奶不是很喜歡你嗎？你今天就跑他爺爺奶奶面前去哭哭！他爺爺奶奶肯定會出面替你把人給收拾得服服貼貼乾乾淨淨！我們寶寶千萬別氣壞了身體！】

……

她一則則看完，唇角稍彎，傳了則訊息給谷開陽和蔣純：「我沒事。」

這則訊息發完，她指尖忽地一頓，下意識掃了眼床頭。

不對，昨晚她是直接睡在床上，沒有蓋被子的。而且她還是橫著蜷縮在床尾，根本沒有起床時這麼規矩。

不知想到什麼，季明舒放下手機，走到臥室門口，轉了轉門把。

不同於昨夜轉門把時不管用多大的力氣都毫無動靜，她只輕輕一轉，門就開了。

房門打開的那一瞬間，她心裡也不自覺地鬆了口氣，幸好岑森還沒變態到真要把她鎖在家裡。

她悄悄往外探了探腦袋。

外面好像沒人了？

沿著旋轉樓梯一路往下，屋外雨聲淅淅瀝瀝。

中島臺的方向有隱隱約約傳來的粥香，季明舒走過去，才發現小砂鍋裡溫著粥，是皮蛋瘦肉粥。

她有將近二十個小時沒有進食了，這時不禁拿起小湯匙舀了兩口。

她動作很快，喝完又立馬放下湯匙向四周張望，等確認沒人，才揭開蓋子繼續舀粥。

雖然還沒喝飽，但她很克制，只喝了淺淺一層，勺子洗乾淨放回原處，不仔細看也看不出變動。

手機這時還在不停地傳來訊息，她仔仔細細看了遍，沒有岑森的，簡訊匣也沒有。

他這是什麼意思。

想通了隨便她去哪嗎？

那這粥就是道別粥？

季明舒在客廳坐了會，腦子裡還在想昨天的事情。

可事情太多，一件件壓過來，還矛盾重重，她也理不清頭緒。

她腦子裡有道很清晰的聲音在告訴自己，不要犯賤，不要去想昨晚岑森突如其來的吻，更不要去深想自己為什麼會躺回床頭。

很多事其實不過是他順手為之，最多有些憐憫惻隱，誰在意了，多加解讀，一不小心就會變成自作多情的笑話。

自作多情可不是什麼好習慣，畢竟人家反手就能給你來上一記響亮耳光教你清醒清醒好好做人。

昨晚教的還不夠嗎？那些脫口而出的話，不正是他心中所想。

記起這些，季明舒覺得屋裡空氣變得逼仄又壓抑。

她什麼都沒拿，忽然起了身。

正好這時，蔣純也從睡夢中醒來。

蔣純迷迷糊糊摸到手機看了眼，看到季明舒回訊息給她說自己沒事，她一個咕嚕就從被窩裡爬了起來，盤腿坐在床上，神情專注地敲敲敲。

蔣純：【轉帳XX萬元。】

蔣純：【你真的要和你老公離婚嗎？你現在人在哪？】

蔣純：【你家裡人跟我爸打了招呼，不讓我收留你，我爸為了防止我救濟你，把我的卡也限制了，我先轉一點給你應應急。不要怕！你做什麼我都會支援你的！】

蔣純：【寶寶別怕，我偷電瓶車養你！】

季明舒邊看訊息邊往門口走，有些想笑。

可手剛搭上門把，她忽地一頓。

房門沒鎖。

大門鎖了？

蔣純：【？】

蔣純：【你老公是個變態嗎？他是不是偷偷進修了霸道總裁強制愛？還鎖你？？？】

蔣純：【對不起我竟然覺得有一點點帶勁……】

季明舒：【？】

——對方已收回一則訊息。

蔣純：【不過話說回來，只是鎖了門而已，你們家電梯難道不會到地下停車場嗎？你可以從停車場出去呀，我記得網路上還有人爆料過，說你們明水公館的停車場簡直就是在開豪車博覽會呢。】

季明舒：【我家在湖心，你以為湖底還能開豪車博覽會？】

蔣純：【那你不然試試把床單綁成一長條，從二樓陽臺爬下去？】

季明舒：【……】

和這隻小土鵪聊天太降智了。

好在谷開陽還是個正常人，下意識便建議她找專業人士過來開鎖。

只不過明水公館這間房子安裝了智慧安全系統。如果強行開鎖撬門，警報就會立即響起，別墅區保全也會第一時間趕到現場。

非要出去的話，也不是沒有辦法，季明舒在客廳徘徊了會，最後還是看向了南面的四格窗。

第十一章

岑森今天有一場重要應酬，在鈺園。

小巷裡掛著不顯眼的古意牌匾，深色小門往內卻是別有洞天。

早上出門時，天灰沉沉的，暴雨如注。到了中午時分已有休歇，只餘小雨淅瀝。

岑森和人坐在亭中喝茶。

今天他要見的這位常先生，是岑氏和季氏合作的南灣項目投資人之一。

常先生出生江南，少年時遠赴香港，多年未再歸家。

他的太太也生於江南，是典型的江南女子，靈秀溫婉，會說一口吳儂軟語。

兩人相攜二十餘載，鶼鰈情深遠近聞名，連應酬公事，他也不忘時時提及家中的老婆孩子。

見岑森手上戴有婚戒，常先生笑呵呵的，還多提點了句：「你們年輕人，其實不必太忙於工作。錢這東西，既賺不完，也帶不走。有時間多陪陪家人，出去走走，聊聊心事，腦子裡那根弦才能鬆一鬆。」

他輕輕敲了敲太陽穴，又笑，抿了口茶。

岑森沒接話，但也跟著端起茶杯，輕抿一口。

餘光瞥見不遠處周佳恆抬手掩唇，無聲提醒。岑森放下杯子，望了眼洗手間的方向，稍帶歉意地略一點頭，「失陪一下。」

常先生做了個「請便」的手勢。

岑森起身，沿著滴雨迴廊往洗手間方向走，周佳恆也不動聲色跟了過去。

停在無人處，岑森問：「什麼事？」

周佳恆垂著眼，上前附在他耳側，低聲說了句話。

他略略一頓，回身看了周佳恆一眼。

周佳恆心裡叫苦不迭，根本就不敢抬頭。如果有選擇，他也不想通知老闆這種修羅場事件。

——老婆翻窗逃跑，屋外保鏢竟未察覺，一直到娘家人前來哄勸才發現，人不見了。

這叫什麼事。

好像越是他們這種家庭，婚姻生活就越趨近於魔幻現實主義。周佳恆跟在岑森身邊許久，聽得多見得多，但自家老闆成為當事人玩起囚禁遊戲，倒還是第一次。

岑森安靜的這時，周佳恆又低聲匯報道：「季家兩位夫人已經回去了，季家人也都知道了這件事，今晚會去南橋西巷拜訪。」

岑森「嗯」了聲。

周佳恆又說：「夫人除了手機身分證雨傘，什麼都沒有帶，季董跟柏萃天華還有夫人交好的那幾家打過招呼……所以只有谷開陽小姐收留了夫人。谷小姐一小時前向雜誌社請了假，現在兩人都在星港國際，您看……」

岑森捕捉到關鍵字，反問：「只帶走了手機和身分證？」

周佳恆應了聲「是」，忽然福至心靈，又斟酌著補了句：「攝影機只看到這兩樣東西，護照和結婚證書應該都還在。」

岑森抬手示意打住，眼眸微沉，聲音也有著連日未休難掩的低啞，「先不用管。」

周佳恆點頭，沒再多說什麼。

岑森昨晚徹夜未眠，腦海中翻來覆去的都是季明舒。

季明舒在他面前出糗的樣子，季明舒穿漂亮裙子轉圈的樣子，季明舒在床上害羞的樣子，還有季明舒哭得不能自已的樣子……甚至他強迫自己去想工作上的事情，思緒也會冷不防忽然跑偏。

其實理智始終在告訴他，他沒有做錯什麼，是季明舒處理不好和李文音的私人恩怨在無理取鬧。

但只要想起季明舒的控訴，他就會覺得，自己好像是真的做了什麼錯事，還錯得離譜。

天光微亮的時候，他去廚房洗米煮粥，本來還想做一碗紅燒小排骨，可家裡沒有準備新鮮排骨。

等粥煮好的過程中，他又站在中島臺前寫簡訊。

寫了足足有十分鐘，刪刪改改，最後不知想到什麼，他又一鍵刪除，將手機扔在了一邊。

後來出門時的鎖門，也只是下意識反應。他並不認為一扇門就能關住季明舒，但也沒想過，她為了離家出走，還真能幹出爬窗這種小學生行為。

X

如果說誤進男廁不得出、私下辱罵被抓包、轉身塞套塞錯人是季明舒人生中不可逾越的三座尷尬高峰，那下雨天翻窗出走還一路烏龍把自己搞成難民，大概就是她人生中不可逾越的狼狽巔峰了。

她翻窗離開明水公館後，撐著小碎花雨傘在路邊等計程車。

可她平日養尊處優車接車送，壓根就沒有什麼便捷叫車的概念，等了大半個小時沒見車影，才後知後覺研究起叫車軟體。

研究了十分鐘，好不容易有人接單，她的定位卻出現了偏差，在風雨交加中和司機解釋了五分鐘位置，司機還不耐煩，低啐一聲，緊接著又掛她電話單方面取消了訂單。

平白受了閒氣，雨勢又急，如果不是谷開陽收到訊息及時來接，她都想爬窗回去等天晴再走了。

被谷開陽領回星港國際後，季明舒先洗了個澡。從浴室出來，她身上香香的，還帶著新鮮的婲婲水霧，整個人好像活過來了一般，沒有新風系統過濾的空氣也都覺得清新。

谷開陽難得見她這般楚楚，不免心生愛憐，還幫她插好吹風機，親自幫她吹頭髮。

她接受得毫無心理負擔，坐在化妝桌前擺弄瓶瓶罐罐，小嘴叭叭地，不停吐槽司機吐槽岑森。

谷開陽畢竟是職場中人，也不是富家千金出身，想事情想問題都要比季明舒和蔣純更現實一些。

她很清楚季明舒這婚牽扯太多利益，等閒脫不了身，所以也根本沒再提離婚一事，只問：「你現在打算怎麼辦？」

季明舒莫名，「什麼怎麼辦。」

谷開陽語塞片刻，邊撥弄著她的頭髮邊耐心引導，「我這裡肯定是你想住多久就住多久，但你自己也說了，你覺得岑森根本就沒有尊重過你，甚至你家裡人、岑森的朋友，也都沒有多尊重你，那你有沒有想過，你自己如果立不起來，又要怎麼贏得別人的尊重？」

見季明舒一臉沒反應過來的表情，她又說：「算了，這些長遠的我都不跟你說。我只問你，岑森的錢你現在不想用，你二伯又擺明了要切斷你的經濟來源來逼你回家，那你哪來的錢養活自己？蔣純轉給你那點錢夠你撐幾天？」

季明舒默了半晌，又轉頭，無辜地看著谷開陽。

谷開陽忽然有種不詳的預感，「你該不會指望我養你吧？」

季明舒萌萌地點了下頭。

谷開陽頓時感覺眼前一黑，有些語無倫次，「不是，我，你不會不知道我薪水多少吧？」她這些年在平城奮鬥打拚，買下這間小小的挑高樓中樓和代步的金龜車已經耗光她所有積蓄。

升任副主編後，她每月薪水要寄一部分給父母，一部分用於日常生活，還有一部分得拿來添置首飾衣物用以維持時尚雜誌副主編這光鮮亮麗的職場身分，仔細算算，還真沒有多少結餘。

其實如果只是養著季明舒吃吃喝喝，倒也沒什麼問題，關鍵就是，這大小姐日常去趟商場都能隨隨便便刷掉一筆鉅款，她拿什麼來養？賣血嗎？賣血也養不活吧！

季明舒倒是樂觀，捧臉托腮，漫不經心道：「我錄節目好像還有通告費？不知道匯了沒。哎，你就放心吧，我不會亂花錢的。」

多年職場經驗訓練了谷開陽的直覺，她狐疑地看了眼季明舒，並沒有真正放心。

谷開陽的這間公寓面積十二坪，但挑高有四．五公尺，做成一個樓中樓後，實用面積接近十八坪，按理來說，兩個女孩子住起來是綽綽有餘了。

可季明舒住慣明水公館和柏萃天華，待在這麼個小窩裡，初時覺得新鮮，多坐一會兒，就覺得狹仄。

而且從狼狽中恢復過後，她潛藏的公主病又慢慢發作了，「你這只有這個牌子的保濕化妝水嗎？」

「……？」

「這個牌子你不能用？」

季明舒：「喔，沒事，只是我最近在用的那個感覺效果更好一點。」

將就著做完每日保養的流程，她又在香水架上東挑西選。

谷開陽有近百支香水，平心而論已經是可以噴到地老天荒的水準，可季明舒看完，竟沒有一隻瞧得上眼，畢竟她從十八歲起，用香都是調香師為她量身訂製。

事實證明谷開陽的預感非常準，接下來的大半天，她莫名陷入了被公主殿下瘋狂挑剔的泥淖地獄。

「你的地毯為什麼不是羊毛的？算了，我現在買一塊吧。」

「我覺得你家最起碼應該裝一個空氣淨化系統，裝那種三恆[1]的，平城這空氣哦，會得癌

1 恆溫、恆濕、恆氧的空調系統。

症的。」

「膠囊咖啡機這種口感你平時怎麼喝下去的。天啊，我真是受不了你，等著，我買一台給你。」

「不行了，這個投影的螢幕看得我好難受，你家是沒音響嗎？這效果你電影會員都白訂了。」

……

好不容易熬到晚上睡覺，谷開陽已經心力交瘁，季明舒卻翻來覆去地睡不著。

凌晨兩點，她突然從床上坐起來，推了推谷開陽。

谷開陽睡得迷迷糊糊的，聲音也含混不清，「又怎麼了？」

季明舒嚴肅道：「我想了很久，我覺得你應該認真賺錢，早日去掉副字成為主編，然後換一個大一點的房子，起碼鄰居素質不是這種。」

她指了指天花板。

谷開陽睏得要命，集中精神細聽半晌，才聽到極其輕微的床上交纏聲。

她眼皮都睜不開了，埋在枕頭裡有氣無力地說了句：「我也想了很久，我覺得你和岑森之間，一定是有什麼誤會。」

天花板上的動靜到凌晨三點才正式宣告結束。谷開陽早就進入夢鄉，季明舒躺在床的另一側，裹緊小被子，閉著眼，始終沒有睡著。

早上六點，鬧鐘準時響鈴。

谷開陽從床上坐起來，打了個呵欠，又撈起手機，點早餐外送。

今天是一月一次的雜誌定稿日，需要早到，她再沒睡飽，也得起床洗漱化妝。

收拾停妥後，谷開陽往樓上看了眼，剛好瞧見季明舒也慢吞吞地從床上坐起，靠在床頭。

她邊擦除多餘口紅邊問：「你怎麼醒這麼早，是不是我設的鬧鐘吵到你了？」

「沒。」

因為她根本就沒睡。

谷開陽也沒多問，看了眼時間，匆忙交代道：「早餐我買好了，豆漿油條小籠包都有，在餐桌上，如果涼了你放微波爐裡叮三十秒就好，門卡我也幫你放在餐桌上了，記得吃早餐哦，不行了，我得去上班了。」

「嗯，你去吧。」

季明舒應了聲，雙手圈住雙腿，下巴擱在膝蓋上，心臟因徹夜失眠跳動極快。聽到大門被「砰」的一聲帶上，她也沒動，只靜靜地閉上了眼。

事情發生兩天了，對比初時的情緒激烈，她的內心已經回歸平靜。

可就是在這種平靜中，她感受到了前所未有的，對未來生活的迷茫。

其實早在誤會岑森出軌張寶姝的那時候，她就迷茫過——如果離了婚，她以後該如何生活。

後來猶豫要不要去參加節目那時候，她也有認真思考谷開陽勸她發展事業的建議，只是舒坦了二十多年，她很難居安思危，把日子過得像下圍棋似的走一步想十步。

雖然落到如今境地，她嘴上還和谷開陽貧著，不願面對這婚很難離掉還有她離開岑森後真的很廢柴的現實，但夜深人靜睡不著的時候，她想了很多，也反思了很多。

想岑森會不會道歉妥協接她回家。

想她既然已經明瞭對岑森的心意，又還能不能滿足於和他保持從前塑膠夫妻的生活模式，甘心永遠也得不到他的喜歡和尊重。

還想到了，這一切的根源是不是因為，她不夠好。

夏至到冬至期間，白晝越來越短，秋末冬初的天一直到早上七點半才倏然大亮。

外面響起新一日的車水馬龍，谷開陽的金龜車已經匯入其中，季明舒閉著眼慢慢側躺，雙手捂住臉，又蜷縮成一團，昏昏沉沉入睡。

✕

這一覺一直睡到下午兩點。

季明舒起來時，外面很曬。

她下樓，順便打開手機掃了眼帳單，昨天隨手添置保養品和家居用品，竟然已經花掉蔣純接濟的一大半。

她又翻看了下《設計家》節目組製片傳來的訊息，之前沒注意，原來參加節目的報酬早就結了。

可她那時候看不上這點小錢，隨手填的那張卡既沒帶出來，也沒綁定手機，也不知道扔在了哪個角落。

所以她現在只剩下了六位數的可用餘額。

她安靜坐了會兒，又拿起門卡，換鞋出門。

谷開陽工作的雜誌社離星港國際不遠，季明舒去附近茶餐廳打包了一份下午茶，便徑直前往《零度》。

今天是定稿日，雜誌社上上下下都非常忙，大家為著手頭工作來回穿梭，根本就沒工夫多搭理她。

她瞧見眼熟的小助理，拉住問了問，「你們副主編呢？」

小助理知道季明舒是谷開陽閨蜜，推推眼鏡，有些為難地說了句：「谷姐她……她現在在總編辦公室，應該是在被訓話。」最後半句她說得很輕，幾乎只餘氣聲。

季明舒：「為什麼被訓話？」

小助理小心翼翼道：「昨天谷姐臨時請假，工作沒交接好，不小心出了點問題，今天定稿的時候就特別麻煩，整個版面都趕著換，所以……」

季明舒一怔。

小助理又說：「季小姐，你找谷姐的話，不如先去辦公室等吧。」

「不用了，」季明舒忽然將打包的下午茶點心塞給小助理，還特意補了句：「你們吃吧，不要說是我送的，也不要和你們副主編說我來過。」

「啊？」小助理看著季明舒說完便轉身遠走的背影，又看了看手上點心，整個人都有點懵。

✕

秋冬的平城，天亮得晚，黑得卻早，六點已不見夕陽。從馬場去會所的路上，周佳恆向岑森匯報星城那邊後續收尾工作的進度。

岑森靠在座椅裡閉眼假寐，沒接話。

周佳恆匯報完，稍稍一頓，語氣沒有絲毫變化地轉了話頭，又道：「今天夫人下午兩點半出門，去茶餐廳打包了點心。三點到《零度》雜誌社，三點十分出來。沿著淮南三路一直走到淮南二路的生鮮超市，買了一袋食材。四點半走回星港國際，沒再出來。」

岑森仍未接話，只是低低環抱的雙手換了個方向。

賓利的目的地是和雍會。

今天江徹回平城見一個晶片研發團隊的教授，順便和岑森約了見面。

江徹最近正是熱戀期，春風得意的，稍稍有些好為人師。見私下會面不太喝酒的岑森進來便點了瓶威士卡，他忽然意味不明地笑了聲，「你有沒有發現你有個問題。」

岑森略略抬眸。

江徹的手臂伸在沙發背上，腦袋微偏，一副不正經的懶散樣子。指間的菸漏出點點猩紅，煙霧嫋嫋，襯得他聲音也低啞慵懶，「你這問題就是，一沾上情分這倆字，就特別不俐落。對安家拖泥帶水，對你老婆又束手無策。」

岑森垂了眼，平日從不碰菸，今天卻就著江徹的火點了一根，低低地夾在指骨間，任它明滅。

江徹來了興致，繼續道：「你記不記得小時候你剛到南橋西巷那時候，季明舒可喜歡你了，天天帶著小零食去找你玩。」

「有嗎。」

他只記得季明舒特別公主病，還特別幼稚，似乎拉著幾個小孩子一起孤立過他。

「怎麼沒有，那時候舒揚還天天笑話她熱臉貼你冷屁股來著，還說她這麼快就把岑楊給忘到了九霄雲外，沒良心。」

江徹提起岑楊，岑森倒有了點印象。

因為舒揚和岑楊名字裡有個同音字，關係一直很好。也因此，舒揚最開始並不待見他，他們這幾個玩伴，是後面才玩到一起去的。

江徹撣了撣菸灰，「其實季明舒的個性，我還挺欣賞的，比較單純，也比較直來直往。」

岑森睇他。

「我沒別的意思，我就是想說跟你老婆這種女人相處，就應該直接一點。李文音這麼點小破事情還能鬧得滿城風雨，你自己應該負很大一部分責任。」

舒揚和趙洋都不如江徹瞭解岑森，當初岑森和李文音那一段，江徹是全程見證過的。

要說岑森會為了李文音不顧岑季兩家交情執意離婚再娶，他第一個不信，首先岑森就不是個戀愛腦，其次李文音真沒那個本事。

他想到什麼，還忽然懶洋洋地調侃道：「我再說句不該我說的，你知不知道你現在這種……一聽季明舒出事就往回跑，出了事就借酒消愁還抽菸的行為，特別像我和周尤吵架的時候我會幹的事。」

岑森稍頓，將菸按滅在菸灰缸裡，聲音很淡，「不該說就閉嘴。」

江徹輕笑。

兩人見面自然不是為了閒聊，江徹也不是愛操心人家感情生活的老媽子，不過幾句，話題又很快轉回了合作項目的公事上。

✕

晚上九點，夜幕星星點點籠罩住整座城市。

岑森和江徹在包廂低聲交談，谷開陽也終於加班完畢，趕回了星港國際。

她正擔心著季明舒沒有好好吃飯，回家一看，就見季明舒舉著流血的手指，正蹲在茶几前翻找醫藥箱。

「季明舒，你幹什麼了你，你手怎麼回事？！」谷開陽緊張得鞋都沒換就上前，目不轉睛地盯著她正在往外冒血珠的手指，「痛不痛啊？」

「廢話，當然痛！」季明舒可憐兮兮地皺著張臉，見谷開陽全神貫注在幫她貼ＯＫ繃，又忍了下，強行無事道：「不過也還好，就輕輕劃了一下，過一會兒就不痛了。」

谷開陽提起的心稍稍放下，又繼續追問：「怎麼搞的，你碰什麼了你，是要嚇死我嗎？」

季明舒：「我還不是想說你工作辛苦，想下廚幫你做幾道菜。」

谷開陽一臉黑人問號，「你，做菜？」

她回頭看了眼廚房，別說，鍋碗瓢勺還真有動過的痕跡，「那菜呢？」

「你好煩。」季明舒嫌棄地拍開她的手，自顧自起身，坐到沙發上，理直氣壯中略帶一點心虛，「這不是缺乏實踐經驗，還在成為頂級大廚的道路上不斷探索嗎？」

菜沒做出來在谷開陽意料之中，她現在比較震驚的還是季明舒這四手不撚香的大小姐竟然突然想起了做菜。

季明舒想要揭過這頁黑歷史，於是又坐直身體，嚴肅認真地和谷開陽轉移話題：「對了陽陽，我今天認真思考過了，我覺得你說得很對。我不能一直這個樣子靠別人養。蔣純今天特意幫我打聽了小道消息，說李文音那電影，君逸前兩天就撤資了。」

「那，那這不是好事嗎？我就說了你和岑森肯定是有誤會。等等……那你怎麼突然又想到不能靠別人養……」谷開陽有點跟不上她的思路。

「不管他是公事公辦讓李文音走正常流程，還是他根本就不知道電影內容，他起先根本就沒有考慮過我的感受，也不尊重我，這是事實。」

「他不尊重我是因為他覺得，我就是他養的一隻金絲雀，沒必要尊重。其實歸根究柢都怪我自己，又要錢，又要尊重，要得太多了。還有我家裡人，不就是吃準了我離開岑森就活不下去嗎？」

谷開陽被季明舒的一臉嚴肅震驚到了，緩了緩，遲疑道：「你這是要變身鈕祜祿舒舒？」

「你正經一點，我認真的。」季明舒拍了她一下，又侃侃而談道，「大家不都是很努力地生活嗎？雖然岑森這人比較一言難盡，但他工作態度還是值得表揚的。我聽他助理說，他有次為了談一個併購案，連續半個月每天都只睡三小時。還有你，每天這麼辛苦工作這麼認真，還要因為我這個拖油瓶被總編罵，我也應該……」

谷開陽下意識打斷：「等等，你怎麼知道我被總編罵？」

季明舒一頓，反應機敏地倒打一耙道：「你這人怎麼這樣，都怪你打斷我思路，我一下子都忘記要說什麼了。」她又看了眼時間，「都快十點了，你還不去睡覺？谷開陽你明天還要不要上班？」

她拉起谷開陽往樓上推，谷開陽幾次想要說點什麼都被她堵了回去。

可谷開陽也不傻，早就想起了今天下午助理送來的那盒點心。

這晚季明舒和谷開陽都睡得很早，季明舒閉著眼，想起下午去雜誌社時聽到的話，想起失魂落魄往回走時遇見的那些路邊小販，不自覺地拉緊被子。

這個世界上大家都在靠自己很努力地生活，她季明舒為什麼不可以。

不得不承認，今天收到蔣純傳來的訊息時，她心裡有一點點小小竊喜，可如果她就這樣沒骨氣地回去，岑森這輩子都會看不起她吧。她好貪心，現在不僅想要岑森的錢，還想要他的尊重，想要他喜歡自己，想要他的心。

✕

季明舒和谷開陽早早入睡時，平城的夜生活不過剛剛開始。

岑森平日是很克制的人，除卻應酬，很少參加娛樂活動，也不進夜店。但今天江徹過來，舒揚又不停打電話給他們要他們去俱樂部，說是要請酒賠罪，兩人也就挪動了。

這家俱樂部便是當初季明舒為蔣純出頭的那家，經由張二公子的生日會宣傳，已然成為平城派對動物們的新寵娛樂場所，裡頭那些愛玩的人平日也常打照面。

岑森和江徹過去時，夜場正到最嗨的時候，舞池裡搖晃著紅男綠女，五色燈光交錯。兩人沿著卡座一路往前，一片音樂聲和嘈雜聲中，岑森忽然聽到，附近有人提到「季明舒」，他循著聲音，略略轉頭。

「沒爸沒媽的我真不知道她成天傲個什麼勁，還要和她老公離婚，我真是要笑暈了，她要是真的離婚我把名字倒過來寫！」

「倒過來寫算什麼本事，我還能跟她姓呢，哈哈哈哈哈。」

「也怪不得她要離婚吧，她老公要投資初戀情人的電影欸，臥槽，我真是沒見過如此新穎別致的打臉方式，她老公真是絕了。」

「聽說要拍的那電影還是紀念兩人戀愛的？季明舒要是能忍就見鬼了，沒見她平時多高貴冷豔？」

「哎別說，季明舒這女的還真的漂亮，這婚要是真離了也不錯，我也弄來玩玩，看看什麼滋味……」

這男的嘴裡不乾不淨的話還沒說完，忽然眼前閃過一道白光，額角好像有什麼溫熱的液體在緩緩往下流。

「啊——！」

「啊啊啊！！！」

卡座裡女生們驚叫出聲，慌忙起身躲避著酒瓶碎裂的玻璃碎片。

江徹站在兩步之外，對這突如其來的動手略感意外。

岑森的性子從小就沉穩，還有點和同齡人不甚相符的清高，從來不屑於和不必要的人爭論打鬥。

若是真得罪到他，他也會以更直接的方式扼住對方痛點，不見血地精準還擊。

上一次見他動手……江徹仔細回想，更加意外，因為這竟然是他第一次見到岑森動手。

俱樂部內的重金屬音樂仍是震耳欲聾動感熱烈，五彩光線也仍朦朧變幻，昏暗夜色中，光怪陸離交錯，欲望隱在其中靡靡暗湧。

卡座附近的空氣中充斥著尼古丁和酒精的味道，但也難掩淺淡的血腥氣息。

岑森拎住那男人的衣領將他從座位上提起來，繼而掐上他的脖子，指骨冰涼，手背隱約可見青筋。

男人額角還在不斷往外冒血，從眉眼間流過，因缺氧和驚懼迅速變色的嘴唇被黏稠的血映襯得越加慘白。

岑森沒有放手的意思，目光沉冷得像塊冰，低低的，沒有溫度，滿面鮮血在他眼前也似無物。

剛剛和男人一起談論季明舒的幾個女孩子都嚇得手腳發軟，尖叫過後又慌亂地找人幫忙。可很快，岑森的貼身保鏢就一湧而入，他們穿黑色西裝，身材健碩魁梧，神情則是和他們老闆如出一轍的漠然。

他們站在卡座外為岑森保駕護航，對裡面的事漠不關心，反正是擺明瞭態度：誰也不准出手相助。

其實岑森這兩年很少在人前露面，混跡夜場的紈綺們，大多也很難將他和君逸少東家對上號，但今天江徹在場，傻子也能察覺出他到底是誰了。

本來還有些人想管管閒事的，但這時也都歇了心思知趣退開，畢竟誰也不想為了無關緊要的路人甲，開罪岑家未來的掌門人。

旁人可以不管，但張二這俱樂部老闆不能不管。

聽說岑家那位和江家那位大駕光臨，一來就把人往死裡狠揍，張二頭皮發麻，心裡叫苦不迭。

這都是些什麼糟心事啊。

生日會開業那天他老婆跑來一頓操作，他還只敢陪著笑臉。今天萬年不見的正主竟也跑來這小廟，還朝著搞大事的方向一路不回頭，這滿平城多少不求上進在開俱樂部，怎麼就他這麼倒楣？

「森哥森哥！」張二見那哥們被掐得都快沒氣了，迭聲地喊著岑森，心臟都差點頓停跟那哥們一塊去世了，「您怎麼來了，哎喲我才聽人說起，怪我怪我！」

江徹略略抬手攔他，聲音也懶洋洋，「別急，他自有分寸。」

怎麼可能不急？

他這場子要是鬧出大事家裡老頭還不得把他剁手剁腳關禁閉？

張二在外頭進不去，心肝脾肺腎都像是放在鐵板上煎，火燒火燎的，只能顫抖著幫江徹點菸，盼著能從這位少東家口中打聽打聽具體情況。

可江徹不愛和他們這些人打交道，只閒覷他一眼，嘲弄道：「你這膽子，開什麼場子。」

張二還想說點什麼，餘光瞥見岑森鬆了手，將人扔在地上，心裡驀地鬆了口氣，冷汗也將T恤背部浸深了一個色調。

岑森站那裡一動未動，沒有人知道，其實有那麼一瞬間，他是真的沒有顧及到江徹所說的「分寸」。

舒揚聽到動靜，從包廂出來，雙手撐在欄杆上往下張望。

剛巧燈球旋轉，光線映照到岑森線條俐落稜角分明的側臉，白襯衫領口的血跡有些觸目驚心。

「臥槽，森哥這是怎麼了？」他目瞪口呆。

李文音也緩步上前，輕輕搭上欄杆，注視著樓下正慢條斯理擦手的男人。

舒揚想起什麼，正想警告李文音，可李文音注視了一會兒，忽然一言不發轉身離開，他追在後邊喊了兩聲，人先一步進了電梯。

樓下出了這事，張二正調人清場，順便叫人把這還喘著氣的兄弟拖到旁邊等救護車。

音樂歇了，燈光還在延續夜場的迷離。

李文音下樓，站在重重保鏢外忽然喊了聲：「阿森！」

岑森沒應，也沒回頭。

她又繼續問：「我能不能和你單獨談談？」

江徹不愛摻和，都準備撤了，岑森卻覷他一眼示意留下，又徑直坐在那灘還未收拾的血跡旁邊，冷淡道：「你要談什麼，就在這談。」

保鏢略略側身，放李文音走進卡座。

李文音沒坐，站在岑森面前，聲音溫柔清淡，「聽說明舒為了電影的事情在和你鬧離婚？那晚你打電話給我的時候，我並沒有想過事情已經到了這麼嚴重的地步，抱歉。」

她略略垂眼。

岑森沒說話，也不看她。

江徹則是在傳訊息給女朋友，壓根就不想聽這些女人的小把戲。

李文音保持著垂眼的姿態，繼續道：「當初我以為可以舉賢不避舊人，沒想到還是連累了你，君逸撤資是應該的，真的很抱歉。」

「但是電影，我想我是有這個資格繼續拍下去的。」她忽然又抬了抬頭，直視岑森，目光坦蕩又清明，「這和你無關，就本質而言，拍不拍、拍什麼都是我自己的事，我希望我們做不成情侶，做不成朋友，至少不要成為敵人。」

「我知道依你的個性，根本就不會對我拍不拍電影有什麼想法。我和明舒有矛盾，但這是我和她之間的事情，我們會自己解決，阿森，你不應該去插手我們之間的這些……」

「季明舒是我的太太。」

李文音話未說完，岑森便直截了當地打斷道。

他解開領口染成緋色的襯衫鈕釦透氣，沒什麼情緒地抬眼，看著李文音。

「李小姐，我以為上次電話裡已經說得很清楚了。沒有人攔著你拍電影、做你自己的事。但我想做什麼，也是我自己的事。」

「還有，我和你，就是我和你。我和季明舒，是我們，你聽懂了嗎。」

江徹聽到這句，眼都沒抬，傳了句給假裝不經意實則試探公司某緋聞的女朋友周尤：

「我和她就是我和她，我和你是我們，聽懂了嗎。」

對面沉默片刻，傳回一個小女孩點頭的貼圖。

江徹緩了口氣，知道這是滿意的意思。

可李文音就不能緩氣了。她腦子裡甚至轟隆了下，之前這一切包括季明舒沉不住氣提離婚都在她意料之中，怎麼會……

她不明白是哪個環節出了錯，也不願朝著岑森喜歡季明舒這種方向去想。

可不待她整理思路，岑森就已經起身往外走，不願和她廢話。

舒揚剛好從樓上趕下來，見岑森走出卡座，正想和他說話。

岑森卻忽地看向他，冷淡道：「這是最後一次。」

舒揚一臉黑人問號，又怎麼了？他逮著後出來的江徹問：「他說什麼啊，什麼最後一次，什麼意思啊？」

江徹：「就是還有下次，這朋友沒得做了的意思。」

舒揚稍怔，忽然反應過來，「不是，他該不會以為李文音是我叫來的吧，我靠，我可太冤枉了！」

他煩躁地摸了摸腦袋，「我這不是上回大嘴巴搞了事特地叫你們過來賠罪嗎，我剛在包廂裡和小妹妹唱著歌，這位姐自己和原家那體弱多病的忽然跑來打招呼，那我也不好趕人走。」

「我都懵了！而且我還沒來得及說什麼呢你們下面就出了事，然後她又一溜煙跑下來……欸她下來又作什麼妖了？我靠，我可真是被這位姐給坑慘了！」

江徹眼皮都沒掀，「和我說有什麼用。」

這事自然是和岑森解釋才有用，可岑森這會顯然沒工夫搭理舒揚。

他從俱樂部離開，身上髒了的襯衫也沒換，坐到車後座便徑直吩咐了目的地：「星港國際。」

他靠在後座以手支額，不知是酒精作用還是動手帶來的刺激，有某種說不清道不明的欲望在心底蠢蠢欲動。

黑色轎車在稀疏的夜風中一路疾駛至星港國際。停在對面的馬路旁，岑森下車，和司機要了根菸，單手插口袋倚著車門，一直看著某盞黑漆漆的窗，心裡那些躁鬱，好像也慢慢被秋夜冷風吹得平靜。

✕

一夜無夢。

次日一早，季明舒和谷開陽一起起床。

也不知道季明舒是真的下定決心還是三分鐘熱度沒過，一大早就邊喝著粥，邊和谷開陽探討：她到底做什麼才能養活自己。

谷開陽打開平板，看最新的時尚訊息，隨口道：「這還不簡單，關鍵是你得少花點，你那個花法不是我說啊，除了季家和岑森能讓你痛快花，還真沒幾個人能養得起。」

「我那不是控制不住嗎？」季明舒喝了小半碗粥，又頗為優雅地擦乾淨嘴唇，端端正正地扣手手道，「說正經的，你覺得我幹點什麼比較好，我的錢馬上就要花光了。」

谷開陽想了下，「做代購？你季大小姐去各大奢侈品店幫人買包買限定不是很容易嗎，這轉手就能賺一筆錢，很輕鬆了。」

「不是，你有沒有腦子，能經常消費這些東西的大部分也都是我認識的人，你是想我被人嘲笑到去世嗎？谷開陽你太惡毒了！」

谷開陽抬手示意打住，「那你覺得做什麼能和你原來認識的人沒有接觸？做網紅？出道當明星？」

季明舒腦袋搖得和撥浪鼓似的。

她就是個玻璃心，根本承受不住網友的負面評價。而且身邊人對明星網紅雖然沒古早時期那麼排斥，但她季大小姐自己凹在名媛淑女的格調裡出不來，根本就不想拋頭露面靠臉吃飯。

谷開陽又說：「那你要做你喜歡的室內設計，也不可能和原來認識的人沒有接觸啊。你本來也只做創意類的設計，那這些東西的客戶需求在哪？你完全脫離的話那又去哪找高等客源？」

「你想想，平白一個大別墅和你非親非故的會交給你一個沒什麼作品的來設計嗎？所以不管做什麼，你首先就是要跨過心裡那道不能和原來圈子接觸的坎，知道吧？」

季明舒撐著下巴，還沒想明白，手機忽地「叮咚」一聲。

小土鵝情報員一大早便向她傳來圈內的最新大事件。

蔣純：【天哪！你老公昨晚在張二那裡打人了！！！】

蔣純：【好多人都在，江徹舒揚張二他們，還有你那白蓮小情敵！】

季明舒一怔。

岑森打人？李文音還在場？

那他是為了李文音……

沒等她繼續想下去，一手情報又繼續傳來。

蔣純：【被打的是莫正偉那小胖子，我估計你都不太認識，聽說是因為他在那裡不乾不淨地說你壞話被你老公聽個正著，然後你老公一個酒瓶就砸下去了！這事情現在炸開了鍋，聽說那小胖子現在還躺醫院裡做檢查呢！】

後面蔣純還傳來一長串後續，大概就是岑森因為這件事被家裡訓了，好在莫家那邊也理虧，雙方長輩私下和解什麼的，季明舒都沒怎麼看進去。

她盯著聊天介面，眼睛眨也不眨，思緒像是陷入循環往復的怪循環，確認質疑之後，又再一次地確認質疑。

谷開陽見她看著手機出神，伸手在她眼前晃了晃，「怎麼了你？」

季明舒抬頭，盯了她三秒，忽然脫口而出：「岑森因為別人說我壞話，把人打到住院了。」

「咳！咳咳咳！」谷開陽口中的粥還沒咽下去，被季明舒這話嗆得不輕。

見她反應如此魔幻，季明舒也稍稍清醒。

嗯……這其中一定有什麼誤會，可能是那小胖子順便把他給罵了也說不定，像岑森那種連口都懶得動的人怎麼可能一言不合就動起手，還是為了她呢。

雖然心裡這麼找著解釋，但一整個上午，季明舒都很沒出息地沉浸在一種微妙的愉悅之中。

季明舒平日那群塑膠小姐妹消息最靈通，見風使舵的本事也使得最遊刃有餘。

前幾日除了一些品牌方正常邀約，大大小小的私人聚會竟無人邀請季明舒出席，即便有，也是藏著看笑話的滿滿惡意。可今天這一上午，塑膠姐妹們的噓寒問暖和社交活動邀約就沒停過。

【親愛的，明天我店裡有一個新品展示會，好久沒見到你啦，有沒有時間呀，我讓人去接你好不好？】——這是做餐飲的甘氏集團董事長女兒甘琳娜傳來的訊息。

甘琳娜在國外進修了兩年珠寶設計，回國便自創同名珠寶品牌。奈何天賦有限，設計出來的產品總是充斥著一些大牌的經典縮影，價格還十分高昂。

不過她彩虹屁吹得還挺深入人心，季明舒賣她面子，也在她店裡挑過幾樣還算過得去的珠寶首飾，但沒戴過，不是轉手送人就是櫃裡蒙塵。

【舒舒，我的演奏會最後一站回平城哦，這週六晚上在體育中心，我幫你預留了貴賓席，有空一定要來哦，太想你啦！】——這是民樂世家白家的小女兒白可傳來的訊息。

白家在傳統民族樂器上造詣頗深，一家都是名師，偏偏輪到她不知怎地就一門心思學起了鋼琴，家裡雖然盡心盡力培養，但她天賦不高，始終沒取得過什麼突出成績，好在家裡寵愛，也費心費力地幫她開起了鋼琴演奏的世界巡演。

……

諸如此類的訊息還有很多，季明舒沒有全看也知道是些什麼內容。

畢竟十個名媛裡五個都是獨立服裝設計師，另外五個不是做珠寶設計就是玩音樂開畫展，精不精通熱不熱愛的都是其次，主要是名聲放出去體面好聽。

平日季明舒看不上她們這些把藝術設計掛在嘴邊，實際都是半桶水晃蕩的金魚腦，今天卻忽然托著腮反思了下：人家再不行，好歹也是在認真經營，怎麼也比她眼高手低什麼事情都不幹的要強。

不知想到什麼，她忽然放下手機，坐到電腦前認認真真敲起了鍵盤。

✕

下午六點多的時候，季明舒正打算從電腦前起身，去冰箱拿杯優酪乳，門口忽地傳來一陣門鎖響動。

她抬頭一看，竟是谷開陽。

「你今天這麼早下班？」

季明舒略微有些驚訝。

《零度》這種時尚雜誌，加班才是生活常態，以前她就沒見谷開陽在正常的時間下班過。

谷開陽沒接話，神神祕祕的，在門口換了鞋便「嗖」的一下蹭到她身邊，還冷不防問了句：「你在幹嘛。」

「只是整理一下之前做過的一些設計作品，」季明舒上下打量著谷開陽，總覺得奇奇怪怪，「你怎麼了？」

谷開陽看著她，沒藏住，嘴邊竊竊偷笑，背在身後的手忽然拿出一只精緻的藍天鵝絨首飾盒，晃了晃。

季明舒一頓。

谷開陽頗為虔誠地將首飾盒放在桌上，鄭重打開，而後又站起來，雙手交疊規規矩矩放在小腹，學著周佳恆的語氣說道：「谷小姐，岑總最近買了枚粉鑽戒指，是太太去年就很中意的那顆濃彩粉鑽，經過重新切割，色級已提升至豔彩鮮粉色級，而且已經按照太太的尺寸進行修改，煩請您轉交一下。」

季明舒看著桌上泛著粉色光芒切面精緻的橢圓形鑽戒，沒能回過神來。

谷開陽學完周佳恆講話，又興奮地一屁股坐到了季明舒身邊，小嘴叭叭道：「你都不知道我剛捧著這戒指回來有多緊張！幸好你老公助理派車和保鏢送了我一程！我剛在車上悄悄查了下，你知不知道，這戒指成交價三千兩百萬！還是美元！」她屈起手肘撞了下季明舒，半是興奮半是調侃，「你老公這波也太有誠意了吧！」

「……」

季明舒盯著那枚戒指，半晌沒移開眼。

「說真的，我覺得你老公其實還是滿不錯的，長得帥有能力又不會家暴，對你雖然不算千依百順但也很看重了吧，這種戒指說送就送，平時你要什麼也沒多說過半個不字……」

也不知道谷開陽上個班的功夫到底經歷了什麼，回來態度就一百八十度大轉變，翻來覆去地洗腦著「岑森好岑森妙岑森呱呱叫」，就差沒直接幫忙收拾打包把她送回明水公館順便附贈兩條蕾絲小吊帶了。

其實季明舒在今早收到蔣純線報時，就不爭氣地動搖了一秒。這時盯著粉鑽，她又不爭氣地動搖了三秒。

她將戒指從盒子裡摘出來，上手試了試。

傍晚夕陽的光線只剩淺淺一束，還帶些將歇未歇的昏沉，而粉鑽光芒耀眼，每一個切面都剔透發亮，旁邊鑲嵌的一小圈碎鑽也隨著指骨微屈微伸的弧度反射出奪目光彩。

嗚嗚嗚太好看了！

這就是仙女應該擁有的戒指！

和她的美貌一樣都是這麼地驚豔這麼地令人無法呼吸！！！

季明舒沉醉在對戒指的喜愛中無法自拔，谷開陽磨破嘴皮子的碎碎念像是過了篩般被她全然忽略，只最後聽到一句「你什麼時候回去」，她整個人像是喝了醒酒湯般倏然清醒。

──戒指等於回去？

「誰說我要回去？」

「一枚破戒指就想打發我！」

「上回我甩離婚協議書他也就拿了條手鍊打發我，每次都這樣有沒有誠意？！」

谷開陽稍頓，「這戒指比那手鍊可貴了不只一點點，這還叫沒誠意？」

季明舒摘下戒指打量，忽然自行推理一番並下結論道：「他上回應該是沒做壞事所以才那麼理直氣壯隨便拿條手鍊敷衍我，這回送這麼貴的不就代表他很心虛嗎？渣男！」

谷開陽：「……？」

鬼才邏輯，佩服。

季明舒動搖的心重新堅定起來，她「啪嗒」一下蓋上戒指盒，將其扔進小抽屜裡不再多看，而後坐在電腦前又正了正身子，繼續整理作品。

第十二章

次日一早，君逸總部要開一月一度的高管早會。

岑森穿白襯衫西裝端坐上首，戴一副淡金色細框眼鏡。

等下頭匯報完，他眼都沒抬便直接道：「藍經理，我很好奇是誰提拔你到今天的位置，匯報工作時全是應該可能也許這種模稜兩可的詞語，君逸要你有什麼用，你不如和管理培訓生重新走一遍培訓程序從頭做起。」

「還有整個廣宣部，連續兩個月拿出來的方案都像是體制內老員工仗著編制吃白飯，君逸不是養老單位，腦子已經轉不動的自己去人事部跑流程走人。」

……

他批評人時，聲音總是冷淡又不近人情。如若不剜在自己身上，倒還能聽出幾分錯落有致慢條斯理的美感。

整場會議大家都戰戰兢兢如履薄冰，結束時，所有人都鬆了口氣。

岑森半步沒留徑直回了辦公室，周佳恆留下幫他收拾筆記本資料。有人便忍不住向周佳恆打聽道：「周助，岑總這幾天怎麼了，總感覺怪怪的。」

平日岑森也清冷疏離，但說話行事還是能給人一種溫和的感覺，不至於今天這般，冷漠到了近乎刻薄，藍經理這麼一朵君逸公認的嬌花也被他拎出來毫不留情地當眾痛批。

周佳恆笑了笑，沒接話。

周助是出了名的口風緊，旁人見從他嘴裡問不出個子丑寅卯倒也不覺稀奇，只搖搖頭嘆了口氣，收拾東西回去工作。

事實上周佳恆也是心裡有苦說不出，畢竟又有誰能比他這貼身總助承受的無形遷怒更多呢。

一出會議室，周佳恆便找了個無人角落，打了電話給手下辦事的。

「消息散出去了嗎？蔣家小姐知不知道君逸撤資和老闆打人的事？」

……

「散出去了？那為什麼沒有半點動靜？」

……

「夫人今天有出門嗎？戒指沒退吧？」

……

通完電話，周佳恆心裡更為忐忑，根本想不明白季明舒這小姑奶奶這回怎麼這麼難哄。

一時間，他去往總裁辦公室的步伐越發沉重，心情也猶如上墳。

這之後的一週，岑森陸陸續續往季明舒那裡送了四五樣禮物。季明舒照收不誤，但沒有半句回覆。

周佳恆都忍不住旁敲側擊地提醒岑森，這怕是誠意不夠，您禮物送得挺勤，倒是露個面……再不濟也打通電話啊。

可岑森只冷淡地瞥他一眼，始終沒有行動。

周佳恆並不知道，這幾日夜深人靜，岑森都會自己開車開到星港國際，停在馬路對面靜靜看著那扇有時黑黢黢，有時又亮著暖黃燈光的窗。

每次停在那，他好像都能想清楚一些事情。但更深一層的，他潛意識裡又不想承認，不想揭穿。

明明最初，他對季明舒沒有這樣的感覺的。

ꕤ

這一週，季明舒將自己的過往作品做了細緻整理，還將學歷和在校期間獲得的榮譽整理成一份漂亮簡歷，放到網路上以獨立設計師的身分接室內設計的工作。

但正如谷開陽所言，她做的設計方向其實與她的社交圈子重疊度很高。而這個社交圈子裡的人，在沒有熟人引薦的情況下，通常只會找更有名的設計師來完成作品。

她掛了一週，竟然連個來問的人都沒有。

深夜，季明舒蹲在電腦前有些沮喪。

這一整週，花錢的欲望在骨子裡蠢蠢欲動，她全都忍住了。可餘額還是在肉眼可見地一天天變少。

「賺錢好難」、「做個普通人真的好辛苦」、「不想努力了我只是一隻貌美如花的小金絲雀寶寶」、「嗚嗚嗚這個牌子新出的包包好好看」、「岑森這狗男人打電話過來我就勉強原諒他」等各式念頭在腦海中輪番攻堅，讓她倍感疲累。

谷開陽上班累成狗，晚上回家倒頭就睡。季明舒在電腦前坐了會，忽然起身，抓上門卡和手機悄悄摸摸出門。

以前季明舒都沒怎麼踏足過便利店，最近卻是駕輕就熟，和相熟的收銀員都能互相露個笑臉當是招呼。

她在便利店買了一小杯素菜關東煮，還買了一支鹹蛋黃霜淇淋，然後坐在路邊的石凳上邊吹夜風邊小口小口地吃著獨食。

路燈從樹梢間歇落下一地暖黃光暈，她吃完最後一片菠菜，又剝開霜淇淋包裝，有一口沒一口地咬著，忽然有點想念岑森。

明明才十來天光景，卻像是比他去澳洲兩年還要漫長。

也不知道為什麼要想他，明明他總是那麼冷淡，想上床了才做小排骨哄哄她，還嫌棄她的設計，叫她三拜九叩跪去布達拉宮……但就是控制不住地想起來了。

霜淇淋吃到一半，季明舒覺得有些冷，心想剩下半支扔了有些浪費，她起了身，打算回家再繼續吃，好歹不用吹風。

從石凳站起來的那一瞬，她好像是感應到了什麼，下意識地望向馬路對面，心臟也不期然猛地跳動了下。

可沒等她搜尋到什麼，通訊軟體忽然傳來了新訊息，來自許久未曾聯繫的華人設計師克里斯．周。

克里斯．周：【舒，不知最近是否方便？我要來平城開秀了，你為我設計的米蘭秀場是我近幾年見過最有靈氣、與我作品最為貼切的舞臺，希望能有機會與你再度合作。這是本次秀場相關資料，盼早日回覆。】

季明舒精神一振，打開克里斯．周傳來的附件。

其他她都還沒仔細看，目光精準鎖定大秀場地，眼前忽地黑了下。

認真的嗎？

君逸華章？

一時也來不及多想，季明舒啊姆啊姆咬完剩下半支霜淇淋，匆匆趕回公寓。

✕

岑森坐在車內，視線一直跟著她緩緩移動。直到她進入大廈，才略略收回目光，從車裡出來。

他倚在車邊，仰頭看著樓上某扇小窗再次亮起淺淡光暈，忽然想起剛剛季明舒坐在石凳上一本正經吃關東煮的樣子，眸色不自覺地深了深。

他的金絲雀，好像悄悄打開籠子，在門口探頭探腦了。

✕

季明舒早將樓下那一瞬間的奇特感應拋諸腦後，回到公寓，她搓搓手又摸摸胳膊，不受控制地打了個冷顫。

不過她這時精神很好，還有點興奮，她披了件外套坐回電腦前，又偷偷戴上谷開陽的黑框眼鏡，很快便進入工作狀態。

克里斯．周出生於南方小城，父親是知名畫家，母親是上世紀末出身知識份子家庭的滬上大小姐，雙方結合，算是女方下嫁。但男方中年成名，身價暴漲，畫作暢銷海內外，在九十年代的蘇富比秋拍上，其畫作《春衫》就曾拍出近億的天價。

為了謀求更為長遠的發展，在克里斯．周十歲出頭時，他的父親就帶著全家移民至洛杉磯。

時至今日，他們一家在北美的華人圈子裡，也的確成為了聲名赫赫的存在。

克里斯．周本人也很出色，算是近幾年時尚圈最為閃耀的一顆新星。

他是很典型的學院派設計師，畢業於帕森斯學院，在校期間表現優異，先後實習於某頂奢集團旗下品牌和全美最權威的時尚雜誌，畢業後又進入該頂奢集團工作，後來辭職自創克里斯．周同名品牌，第一年便在紐約時裝週開秀，後續他的秀場開遍四大時裝週，迴響不俗，最為難得的是銷量也節節走高。

他設計的色塊T恤前兩年引爆各大社交媒體，國內外的潮流達人時尚部落客幾乎是人手一件。年度時雜評選，也基本都將他的色塊T恤評為了最受歡迎街拍單品，季明舒那時候也是直接拿下過整個系列的。

這回他回國開秀，是因多方極力邀請並給予豐厚贊助支持，且他本人認為，這一季的設計作品需要在幼時生活過的這片土壤呈現才能達到最為貼切的效果。

✕

在沒細看相關資料之前，季明舒對君逸華章這個大秀地點是非常意外也非常疑惑的，她上樓時甚至冒出過「這一切是不是岑森出手安排」的念頭。

畢竟平城也是國際化的大都市，適合辦秀的地點可不只一兩個，又何必非要安排在君逸華章這麼一個場地租金十分高昂的飯店。

看完資料，她的疑惑倒打消不少。相關贊助方財大氣粗，且與岑氏頗有淵源，本著肥水不流外人田的原則，選君逸華章也很合情合理。

而且，華亭路的那家華章飯店有四面大樓，中間的玻璃水榭和草坪空地用來辦展，從場地面積和服裝展銷廳安排等各方面來看，都非常合適。

可在君逸華章……那她不就有點自找上門的意思嗎，岑森該不會誤會她這是主動求和吧。

季明舒在電腦前托著腮思考了會兒，最後還是回了訊息給克里斯．周。

沒辦法，機會太過難得，她實在是無法放棄。

克里斯．周之前和季明舒有過合作經歷，對她很有信心，她這邊給了明確答覆，他那裡也就沒試稿直接敲定，兩人在網路上聊了會兒，又約了時間見面詳談。

✕

在大秀未發佈前，設計師的作品都處於高度保密狀態，只能由設計師本人來親自跟她交涉。

而且給她看完相關設計稿和設計理念後，人還要把東西帶回去。

這次見面直接約在了君逸華章，季明舒也無從反駁，因為克里斯．周這次回國是直接在君逸華章下榻，聊完他們還得去看實景場地，於情於理，這見面地點都很合適。

出門之前，季明舒忐忑地換了好幾套衣服，總覺得不是很妥當。

到飯店的行政酒廊後，她整個人也有些坐立不安，生怕岑森會突然從某個角落冒出來，兩人四目相對久久無言直接尬穿地心。

可事實證明，她想太多了。

這次會面從下午兩點持續到下午六點，克里斯．周還熱情地留她在飯店用了頓晚餐，岑森都始終沒見人影。

也是，君逸旗下有那麼多家飯店，平日辦公也是在總部大樓，他又怎麼會這麼巧在這出現。

回去路上，季明舒一時也說不上是失落還是安心，口紅脫了大半也沒心情補妝。

✕

這之後一整週，季明舒都在公寓裡折騰她的秀場方案，而且她特別鐵面無私公事公辦。谷開陽他們雜誌對克里斯．周這次大秀非常關注，可季明舒硬是沒給她這副主編透露一星半點的相關消息，天天抱著電腦防這閨蜜像防賊似的，還美名其曰自己這是堅守職業道德。

谷開陽氣得掐住她脖子瘋狂搖晃，還說要將她這沒良心的女人清理打包掃地出門。

季明舒自是不怕，因為她接了這場設計之後就有！錢！了！掃地出門也不怕！

國內的服設水準還處在一個長路漫漫亟待探索的狀態，尤其是高級服設這一塊，華人設計師要蜚聲國際很是不易，像克里斯．周這種等級的能回國開秀，自然有的是人願意贊助。

克里斯．周給出的秀場預算高達九位數，還不是一二這種小數字開頭。

對比秀後常規的對外銷售，這樣砸錢開秀可以說是不計成本了。

要做出價值九位數的秀場，季明舒這位合作設計師的報酬自然是十分豐厚。

只不過這豐厚的報酬也不好賺。

光是設計方案，季明舒就和克里斯．周不眠不休地磨了一整週。

方案定下進入實景佈置階段後，季明舒還要到現場親自監督。

「不對，左邊一點，再左邊一點……夠了夠了！」

平城已經進入初冬，戶外的風冷颼颼的，刮起來像是冷刀子割肉。

季明舒雖然不是女明星，但早已培養出了女明星同款的要風度不要溫度，近零度的低溫，她也只穿了件薄薄的黑色落肩毛衣，外面罩一件單薄的駝色風衣外套，修長白嫩的手指露在外面，指骨都凍得通紅。

這是她連續第四天到華亭路的君逸華章飯店指揮伸展臺佈景了，雖然連日無休倍感疲累，但她也莫名堅持了下來。

克里斯．周雖是華人，但他的設計風格一直都很歐美，這次他罕見地在作品中加入了旗袍和蘇繡元素，一則是為了設計之外，商業性地迎合龐大的市場需求，二則是為了給他母親一個生日驚喜。

他母親在滬生活多年，年輕時最愛各式旗袍。他這一季的早春作品，也可以說是給他母親的一次獻禮。

季明舒得知他父母多年恩愛，在定秀場主題之前，還特意找來他父親的畫集琢磨。最後定下的「春衫薄」主題，也是應和他父親最為出名的同名油畫作品《春衫》。

主秀場季明舒設計成了舊上海時期的一艘擱淺輪船，飯店原本便有的水榭琴梯被保留下來，稍作加工處理，錯層交互，一路延伸至輪船上方，便成了模特走秀時要走的主伸展臺。

另外為了給觀眾營造一種沉浸式的感官體驗，季明舒還和克里斯．周合作設計了秀場主題同名的沉浸式影像藝術裝置，在君逸戶外硬生生造出了一個全封閉式的視覺空間。

燈光上季明舒也下足了功夫，先是請了專業的燈光舞台美術幫忙參考，後又為了達到設計稿中的華麗效果，突出秀場主題，專程從國外某知名燈具設計師手中訂購了一批燈飾空運回國，光是這些燈光佈景就花了好幾百萬經費。

這時季明舒指揮的也是燈光佈置，這些玩意兒金貴得不得了，不容有半點閃失，她也不允許花了大價錢弄回來的東西沒有放在它合適的位置。

「A1的換到A4，C1點位不對，根本不準，麻煩師傅重新裝一下。」她站在寒風中指揮著，見工人半晌都沒裝對，她只好親自上前，「這裡，對，對，稍微再左邊一點點。」

見位置對了，她往後退了兩步打量。

沒等她滿意點頭，那工人表情忽然變得驚懼，「小心——！」

他話音未落，季明舒所站的位置便發出水晶燈落地碎裂的聲響，「砰」的一聲過後，還有密集的細碎喀嚓。

這一變故導致現場發出了接二連三的驚呼！

季明舒感覺附近有什麼東西碎了，腦袋懵了一瞬，還沒完全反應過來發生了什麼，就被人用力拉了一把。

她穿十公分的窄細高跟，被那麼一扯，腳踝幾乎是同步傳來一陣令人眼前發黑的劇痛。

很快又是一聲碎裂巨響！不過下一秒，她的耳朵被人捂住了，腦袋也是被人捂著藏在懷裡。

比起那聲巨響，她聽得更為清晰的，是所伏胸膛的心跳。

咚、咚、咚。

有力又熟悉。

初冬凜冽的風裡，她聞到了令人安心的冷杉氣息。

她的鼻頭凍得通紅通紅，眼睛卻是眨也不眨，像在發怔，又像在貪戀。

岑森的保鏢們第一時間便衝了上來，陪護岑森巡視的高階主管也緊急叫來工作人員處理現場，並上前噓寒問暖。

「岑總，您還好嗎？」

「哎喲岑總，你的手都流血了！」

「快快快，叫救護車！」

有人捏一把低聲喊：「沒砸到呢叫什麼救護車！」

過了好半晌，岑森才平淡地應一聲：「我沒事。」

他仍是緊抱著季明舒，眼都沒抬，只有季明舒能感覺到抱住自己的手臂似乎有些輕微顫抖。

周佳恆站在下面，邊平復心跳，邊擺出鎮定自若的模樣請各位高管離場。

人都走光了，季明舒才略略回神。

她輕輕推了推，岑森也順勢鬆了鬆力道。

他今天穿了一件黑色毛呢大衣，將皮膚襯成一種了近乎透明的白，手垂下來，夾雜碎玻璃渣的血滴滴答答落在故意做舊的輪船甲板上，看起來觸目驚心。

季明舒有些手足無措，呆了會兒才想起從包包上解開裝飾的絲巾，往他眼前一遞。

他沒接，反而將手伸到她的面前，目光平淡。

她稍稍一怔，遲疑地將絲巾覆上他的傷口，又遲疑地繫了個結。

——兩人終於迎來了季明舒期待已久的四目相對久久無言的尬穿地心名場面。

她硬著頭皮迎上岑森的目光，好半天，忽然冒出句：「我的絲巾好貴的。那個……燈也好貴的，碎掉了怎麼辦。」

說完，季明舒認命地閉了閉眼，想回到十秒之前縫上自己的嘴。

可就在她閉眼的那一瞬間，面前忽地響起清淡男聲，「我賠你。」

封閉的沉浸式影像裝置還未安裝完成，秀場處在半露天狀態，凜冽冷風呼呼往裡灌著，那句「我賠你」也被風吹得不甚清晰。

季明舒不知該說些什麼，想稍稍退後半步，和岑森拉開距離。可腳踝剛抬，就由下至上傳來一陣劇痛，她忍不住輕嘶出聲。

「扭到了？」

岑森垂眸打量。

季明舒沒接話，但鼻子和眉頭都皺巴巴的。

岑森微忖片刻，忽然脫下大衣，又往前，將帶有餘溫的外套披在她身上，還緊了緊衣襟，幾乎是把她整個人都裹在了裡頭。

季明舒條件反射瑟縮了下，想挽碎髮，可還沒等她有所動作，岑森那隻纏著絲巾的手就毫無預兆繞過她的肩骨，身體向下稍傾，另一隻手摟住她的雙腿，只輕輕一抬，便將她整個人都打橫抱了起來。

若說剛剛季明舒是不知道該說什麼，那這時她就是明明想要質問，卻什麼都問不出口。

兩人距離很近，她目不轉睛地盯著岑森，溫熱呼吸全都噴灑在他的下頷邊緣，濕濕軟軟。

岑森偶爾垂眸和她對視一眼，目光幽深沉靜。

他手上纏繞的絲巾泛著沉冷的紅，偶爾一兩點混著絲巾綺色尾擺在風中飄揚垂落，有種豔麗吊詭的美感。

一路行至飯店頂樓的行政套房，岑森將季明舒放在沙發上，自己也緩步坐到另一邊，手

微微往前伸，任跟進來的醫生幫忙處理傷口。

這樣面對面坐著，季明舒才看到他的左手還在不停往外滲血，傷口也變得更加地觸目驚心。

醫生幫忙消毒，取玻璃碎渣，季明舒下意識別開眼，心臟也驀地縮緊，不知是被岑森的傷口嚇到，還是醫生幫她處理腳傷太痛。

岑森自己倒是神情平淡，垂眸看著傷口，好像感覺不到疼痛，由始至終，眉頭半點沒皺。

傷口處理好後，兩位醫生分別囑託了幾句，一同起身，收拾醫藥箱。

周佳恆在一旁恭敬引路，偶爾還低聲說一句，「這邊請。」

一行三人很快離開，隨著房門「咔噠」一聲輕輕闔合，房間內也只剩下季明舒和岑森兩位傷患，空氣靜默下來，多了些說不清道不明的淡淡尷尬。

仔細算算，兩人大約有一兩個月沒見面了，平城都已經由秋入冬，天氣預報還說這週會降初雪。

以往兩人沉默，多由季明舒出言打破，這回季明舒也下意識在想，該聊點什麼話題才符合眼下兩人尷尬又不失禮貌的處境。

可就在這時，岑森看著她凍紅的雙手，忽然說了句：「天氣冷，出門多穿點。」

「……？」

「噢……知道了……」

季明舒略懵，不懂岑森那張刻薄的嘴怎麼會說出關心的話語。

岑森說完便起了身，用房間內的咖啡豆和咖啡機煮了兩杯美式。只不過他嘗完後，似乎對味道不太滿意。

季明舒跟著嘗了口，也覺得這豆子太苦。她不甚明顯地皺皺眉，將杯子放下，又沒話找話問道：「你今天怎麼在這？」

「聽說你在這邊設計秀場，今天有空，剛好過來看看。」岑森幫她夾了塊方糖，聲音平靜微低，「其實前幾天就打算過來，但我在國外出差，走不開。」

季明舒忍著想要咳嗽的衝動，把咖啡給咽了下去，只不過臉蛋還是被憋得蒙上一層紅暈。

其實她心底隱有自戀猜測，但也從沒想過，岑森是真的來看她，而且還會這麼坦然地承認。

岑森接著秀場這話題，又提起另一話題，「剛剛在下面看了你的設計，很精緻，也很華麗。」

「……？」

你以前可不是這麼說的。

不過下一秒，岑森話鋒一轉，又走回了以前的路子，「但你的作品，還是存在我之前和你說過的那個問題。」

「什麼問題？」

季明舒一時想不起來。

「不夠人性化。」

岑森放下咖啡，看著她說：「我不知道設計師的作品風格如何，但既然他很認可，那就證明你的主秀場沒有問題。從我外行的角度來看，也能看出你的設計很有藝術感。我覺得不夠人性化的一點是，你對觀眾坐席的規劃似乎不夠合理。」

季明舒剛想說話，他又反問：「你想安排觀眾坐在琴梯的三角區和迴廊對嗎？」

「……」

還真是。

岑森：「據我所知，看秀是一種非常近距離的體驗，琴梯的三角區和回廊空間太小，你現有的打光也完全是從伸展臺出發，沒有顧及到觀眾區的舒適度，這種亮度和光源折散方式，是很容易讓觀眾產生視覺疲勞的。我覺得在這方面，你可以稍作改進。」

季明舒不自覺地順著他的思路托腮回想。

她意外發現，岑森這外行人說的話竟然很有道理。

其實這也不是她一個人的問題，國內外很多秀場都有這樣的通病，大家擠擠挨挨坐小板凳，體驗感相當一般，甚至還有秀場鬧出過還未開秀觀眾就坐塌長凳的笑話。

這些對觀眾區的普遍忽視，大多基於開秀方姿態高於看秀方，還有經費控制、後期拆卸、趕場換秀等各方面的原因。

可這次克里斯．周的國內首秀沒有這些客觀條件的限制，要在這一方面進行改善並不困難。

至於燈光的受眾感知度，這的確是她沒有考慮周到的大問題。

她剛想問問岑森有沒有更好的建議，岑森的手機螢幕就倏然亮起。他看了眼來電顯示，起身走至落地窗前，和人通話。

季明舒稍頓，回頭看他，順便還仔細聽了聽，對方應該是個美國人，兩人在聊夏威夷的某個合作項目。岑森全程都是用英文，發音很好聽，沙啞低沉中帶了些小性感，還帶些有別於歐美誇張語氣的矜持克制。

季明舒聽著聽著，不自覺地出了神，還不自覺地犯了睏。

為了趕設計，她已經很多天沒有好好睡覺了，咖啡似乎都喝到了免疫的程度。陷在軟塌塌的沙發裡，睡意趁她不備洶湧席捲，她很快便闔上雙眼，沉沉入睡。

✕

岑森通完電話回到客廳，就只見季明舒的腦袋不停往一側偏，眼睫濃密，呼吸均勻。

站在沙發邊上看了會兒，他將季明舒輕輕抱到了臥室床上，又拉上了遮光窗簾。

明明是白日，臥室內的光線卻因窗簾遮蔽變得昏沉。

岑森坐在床邊，幫季明舒撥開碎髮，拉好被角。就和她離家出走前一晚，他坐在床邊所做的一樣。

只不過時隔多日，他好像想清楚了很多事情，那些忽明忽暗的念頭在腦中翻騰反覆，最終都指向他不想深思卻潛意識卻已經承認的某個事實。

不知怎地，他忽然有了些想要親吻的欲望。

他向來是怎麼想，就怎麼做，稱不上正人君子，也沒有趁人之危的認知。

他喉結上下滾動著，單手撐在季明舒的耳側，微微俯身，一點點靠近，覆上她的唇，還不饜足地順著唇瓣往下。

季明舒睡得太沉，茫然無覺，只在側身時，隨手抓住隻裹滿紗布的手枕在腦後。

醫生剛剛囑咐岑森，不要讓他的左手再多受力，可這時被抓住當了枕頭，岑森也沒有將手抽回。繃帶慢慢染紅，他只坐在床邊，時不時俯身，親吻他的小金絲雀，帶些無意識的迷戀。

✕

季明舒醒來時天色已晚，空氣中有淡淡的血腥氣息。她迷迷糊糊伸手開燈，邊揉眼睛邊從床上坐起。

等醒過神，她一眼便看到附近桌上放著的染血繃帶。

她後知後覺看了看四周，腦中忽然冒出疑問：她是怎麼睡著的？又是怎麼跑到床上來的？

腦中稍稍空白三秒，她的視線再次落到染血繃帶上，前因後果也不自覺地在腦海中串聯起來。

床邊有雙平底鞋，明顯為她而備，她慢慢穿上鞋子，一瘸一拐地往外探了探——

岑森不見了。

之前被鎖兩天的陰影還在心頭揮之不去，季明舒下意識走到房門前轉了轉把手。

下一秒，房門開了。

周佳恆還站在門外。

見她醒來，周佳恆溫和地笑了笑，又略略鞠躬，恭敬道：「夫人好，今晚瑞士飯店管理學院的訪問團過來交流，岑總必須出席，他特地吩咐我在這邊等您。」

季明舒「噢」了聲，想起繃帶，又問了句：「他的手……」

周佳恆：「岑總的傷口剛剛好像崩開了，但已經換過藥，沒有大礙。」

季明舒點點頭，扶著門框，不知在想什麼，好半晌說了句：「那你送我回去吧。」

周佳恆不意外地應了聲「好」。

季明舒回頭拎上包包高跟鞋，等上了車才補充：「我回星港國際。」

「……？」

周佳恆唇角僵了僵，一時竟然忘了接話。

X

平城的夜晚光影明滅，流燈簌簌。

保時捷像拖延時間般，花了一個小時才緩慢行駛至星港國際。

還未下車，季明舒就收到岑森訊息。

岑森：【還不回家嗎？】

季明舒沒理，從後視鏡看了眼周佳恆。

周佳恆早就鍛煉出了滾刀肉的本事，這時眼觀鼻鼻觀心，熟練地躲避著，不與她對視。

又有訊息進來。

岑森：【碎掉的燈已經重新下了訂單，這兩日會到。】

季明舒很高冷地回了個「嗯」字。

岑森：【絲巾明天送過去給你。】

仍是高冷的一個「嗯」。

過了半晌，岑森終於傳來則語音訊息，問出最為關鍵的一句：「我的手打字不太方便，明舒，你打算什麼時候回家？」

季明舒：【不知道。】

季明舒：【合理懷疑你在賣慘。】

季明舒質疑完，就見岑森的對話方塊上方，一會兒出現「對方正在輸入中」，一會兒又出現「對方正在說話中」，可這麼來回變幻好半天，最後岑森也只回出一串長長的刪節號。

季明舒只好將其默認為被戳破真相，無話可說。

她收了手機，徑直下車，周佳恆這耳報神倒很乖覺，也立馬跟著下了車，比在岑森眼前還要恭謹殷勤，搶著幫她拎包拎鞋，還在前頭開路送她上樓。

她進屋前，周佳恆還補充了句：「夫人什麼時候想回家了，直接打電話就好給我，我二十四小時隨時待命。」

季明舒皮笑肉不笑，揚手拜拜，毫不留情地關上了房門。

周佳恆閉了閉眼，又悻悻地摸了摸鼻子。

這時，谷開陽還在他們那周扒皮雜誌社加班。

季明舒在門口換完拖鞋，哼著歌一瘸一拐進了浴室，心情莫名愉悅。當她腦補出岑森被揭穿賣慘無言以對的樣子，心情就更愉悅了。

只不過往化妝棉上擠卸妝油時，季明舒不知想到什麼，忽地抬眸，定睛看向鏡子。奇怪。

口紅是過期了嗎？為什麼今天掉色掉得這麼快？

念頭不過一瞬，她也沒有深思，很快又繼續哼歌卸妝。

⤫

之後幾天，季明舒腳傷未越，行動不甚方便，但她心情一直保持在一個十分愉悅的狀態，工作效率也高。

她在家參考岑森的思路更改了秀場觀眾區的設計方案，還日日趕往飯店，緊跟秀場的實景搭建進度。

這幾天她見誰都是笑咪咪的，親切有加，就連蔣純謊報最新體重被隔螢幕抓包，她也溫柔地表示理解。

季明舒：【唐之洲都不嫌棄，那你偶爾放縱一下也沒關係，女孩子瘦成一具骷髏也不美觀。】

蔣純：【……？】

當初季明舒那番「喜歡你時你是寶，嫌棄你時你就是個臭小胖子」的真知灼見還言猶在耳，蔣純根本就不相信她能說出什麼真情實感的「偶爾放縱論」。

這時她的溫言軟語在蔣純腦子裡拐了好幾道彎，直接就變成了新發明的某種反向鞭策戰略。

蔣純顫了顫心肝，連忙擺出一百八十度伏地的誠懇認錯姿態。

蔣純：【我錯了，我無條件向季老師承認錯誤！還請季老師寬恕嗚嗚嗚！】

蔣純：【過段時間克里斯．周大秀，我一定在包包裡塞滿小錢錢，偷渡出來養我們最最可愛的小金絲雀寶寶！我們小金絲雀寶寶受苦了！】

季明舒：【不用了。】

回完這句，她托著腮，笑咪咪地看了眼周佳恆送來一排橘色盒子，手指還不自覺地在腮邊敲了敲，也不知道在想什麼。

✕

半個月後，克里斯．周早春大秀在平城華亭路的君逸華章飯店如期舉行。

開秀當天，飯店門口名流穿梭，豪車雲集，記者在外蹲守，閃光燈和咔嚓聲此起彼伏。

昨日彩排，季明舒就全程在場，根據模特走位還有克里斯．周的意見，對整個秀場做了最後的細節調整。深夜累到不行，她還和工作人員們一起去吃了頓宵夜，相互交流經驗。

其實兩年前克里斯．周的米蘭首秀也是出自季明舒之手，只是那時候克里斯．周辦秀還沒有這麼高的規格，他本人也沒能請動季明舒全程參與秀場佈景。

印象中，季明舒只去看了趟場地出了份設計圖，就沒再多加操心。

說實話，兩年前那種天馬行空出設計圖的感覺，和這種全程參與設計看著秀場落成的感覺完全不同。

她以前很高高在上，只需要想，不需要考慮別人怎麼去將她的想像付諸實踐。

這兩年間，很多人誇過克里斯．周米蘭首秀的服設作品和秀場設計，她也會理所當然應承這份誇獎，覺得螢幕上的一切華美展現都是克里斯．周和她兩個人的功勞。

但當她親自參與其中，她才知道一場秀的成功，背後到底包含了多少人的精心設計和默默努力。

開秀之前有四十分鐘左右的談話時間，名媛、明星、編輯、買手，還有時尚達人們都陸續到場，在媒體訪問區簽名拍照，接受採訪。

距離開秀還有五分鐘的時候，有中英交替的廣播提醒各位賓客提前入座。

季明舒和克里斯·周擊了個掌，才拿上手拿包，從後臺匆匆走往自己座位。

她看秀歷來都坐前排，這回自己親自參與秀場設計，倒在安排座位時主動挑了個三排之後的角落入座，說是想看看後排的觀秀效果。

蔣純也在這排，只不過兩人中間隔了好幾個位置，季明舒剛想和她打招呼，就有一道高大身影阻隔了她的視線。

她稍稍一頓，抬眼看——

竟是岑森。

岑森整理衣襟落座，還帶幾分紳士的矜貴，後排角落愣是被他坐出了一種莫名的尊貴之感。

季明舒下意識問了句：「你怎麼來了？」

岑森：「我的飯店，我來看看有什麼問題。」

「……」

那自然是沒什麼問題。

只不過他這種辦公都不連網路的上世紀老古董看得懂時裝秀嗎，瞎湊什麼熱鬧。

最搞笑的是他竟然還一本正經地戴了副金絲邊眼鏡，恐怕是辦公室的文件還沒看完就直接過來了吧。

季明舒從上至下打量著他，目光又很自然地落在了他的手上。

等等，都半個月了，還纏著紗布……？等於他賣個慘還沒完？就算骨折都該好了吧？

季明舒剛想說點什麼，秀場卻已進入最後十秒的倒數計時，「十，九，八……」

當倒計時來到「一」時，音樂適時響起，沉浸式影像裝置變幻出鎏金光彩，金色小人在眾人頭頂一點一點跳躍，最後變成一架金色的小飛機穿越大螢幕，在正中以尾跡雲的形態勾勒出克里斯·周的英文標識，還有環繞立體的美式女聲簡潔報出一句，「歡迎來到克里斯·周。」

時裝秀和酒會晚宴、電視節目都不一樣，沒有主持人，也沒有開場白致辭。

標識顯現完，又以碎金形式漸漸消失於螢幕正中，緊隨其後的便是動感鼓點和越加明快的音樂節奏。

在變幻的音樂聲中，追光燈落在開秀的知名模特身上，模特踩著琴梯，面無表情往前走。

——沒想到坐在後排，觀秀體驗也很好。

季明舒在心底暗暗比了個「耶」，提心吊膽多日，此刻也終於鬆了口氣。

岑森也適時點評一句：「不錯。」

季明舒瞥他一眼。

不錯什麼不錯，看得懂嗎他。

岑森還真看懂了，他慢條斯理道：「你設計的舞臺和這位設計師的作品，讓我想起了九〇年代曾拍出近上億天價的一幅中式油畫作品。那幅作品叫《春衫》，應該屬於抽象表現主義，畫面非常簡單，主要是用線條和色彩……」

「……」

「你是不是查了資料？」

季明舒忍不住低聲打斷。

岑森很淡地瞥了她一眼，鏡片反光，也看不出他的具體表情，只能聽出他的聲音很是雲淡風輕，「在我的知識範圍內，這屬於常識。」

常識。

季明舒哽了哽，竟是半晌無言。

不過她很快便想起兩人還處在冷戰狀態不宜過分熱絡，於是打定主意不再和他說話，只安靜看秀。

倒是岑森偶爾會在旁邊清淡地點評一句「這件不錯」、「這件也不錯」。

其實準備數月，真正的展示時間也才一個小時。

所有作品展示完畢，克里斯·周穿著他這一季的新品T恤上臺，用不甚熟練、語序混亂的中文致辭發言。

大意是回顧這幾年創立品牌的感想，這一季作品中加入旗袍和蘇繡元素對他來說有什麼特殊含義，還有感謝大家一直以來的支持。

這場秀到此算是圓滿結束，季明舒情不自禁和大家一起鼓了鼓掌。

可誰也沒想到，克里斯·周剛剛那一鞠躬那一停頓並不代表發言結束。他握著麥克風，話鋒一轉，忽然看向季明舒的方向，直稱她為「舒」，還給了她一個室內設計師的標籤，前前後後足足感謝了兩分鐘，都是在說她為今日秀場所付出的努力。

前排名媛們還以為自己耳朵出了什麼毛病，聽是聽過季明舒曾為克里斯·周設計米蘭首秀，但那時克里斯·周還遠沒有今日的知名度，親眼見過秀場的人也很少，很多人都覺得這事估計還有貓膩。

但這最後時刻克里斯·周竟然親自感謝……也就是說今天這精緻複雜、兼具現代摩登和舊上海風情還頗有詩意的秀場是季明舒設計的？

近日私下狂吃岑季離婚瓜的小姐妹們都有點懵，不敢相信這位只會買買買的大小姐還真能弄出什麼拿得出手的作品。

✕

秀後還有休閒活動，服裝展示室對各位來賓開放，有對走秀款設計感興趣的都可以過去下訂。

季明舒和蔣純一起往服裝展示室走。

岑森還坐在原位置上，翻著新品展示冊吩咐周佳恆，抬眼一瞥，卻正好瞧見季明舒不小心和一個年輕男人撞在一起。

季明舒也是不注意，點點頭，又抱歉道：「不好意思。」

「沒關係。」男人溫和一笑，和季明舒錯身而過的瞬間，他好像想起了什麼，忽然又遲疑地問了聲：「你是，明舒嗎？」

聽到這聲詢問，季明舒下意識抬頭。

男人身高很高，大約在一八五左右，和岑森差不多，年紀看起來也和岑森差不多。身上西裝是克里斯．周今年六月發佈的秋冬新款，熨貼合身，氣質溫和乾淨，眉目還很俊朗。

但她不認識，也沒見過。

她狀似不經意般掃了眼身邊的蔣純，沒想到蔣純也直愣愣地轉頭看她，滿臉都寫著無辜和呆滯。

小土鵝也不認識。

她本來還以為這是最近剛來平城的新面孔，來和她套個關係，現在看來好像不是。

她懶得多猜，開門見山直接問：「你好，請問我們認識嗎？」

男人深深地看著她，唇邊笑意擴大了些，聲音如敲金擊玉般清朗，「小舒，你還是和小時候一模一樣。」

小時候？

這三個字落在季明舒耳中，像是打開魔法盒的鑰匙，不經意間就帶出一段陳舊泛黃的兒時回憶，她盯著男人，怔了怔，眼底疑惑慢慢褪卻，男人的輪廓也慢慢變幻縮小，與記憶中某張稜角模糊的面孔無縫重疊。

只不過她的聲音仍有些猶疑，「岑……楊哥哥？」

男人又笑，十分乾脆地點頭承認，還玩味道：「難為季大小姐貴人事多，還沒把我連人帶名全給忘掉。」

季明舒不知是太過震驚，還是反射弧太長，半晌沒說出話。

站在一旁的蔣純也不傻，一聽這姓就覺得裡頭滿是故事。

姓岑的，這是岑家人啊。看年紀，難道和岑森是兄弟？

可如果是兄弟的話，季明舒怎麼會和他多年不見還差點沒認出來呢？

短短數秒，蔣純就自行腦補出了一場兄弟鬩牆的豪門繼承權爭奪大戲，還推了推季明舒，咬耳朵低聲問：「這誰？長得還挺帥的，岑森的表哥表弟還是什麼同父異母私生子？」

季明舒被這一推，終於回神。

可她回神過後，心底也沒什麼震驚之外的多餘情緒，她還下意識回頭，看了眼岑森的方向。

好巧不巧，大秀結束後，琴梯自動回縮，做舊輪船的伸展臺造景正在緩緩旋轉。就在這短短數秒間，它旋轉的位置正好將服裝展示室方向和看秀區阻隔開來。

季明舒也不知道在想什麼，岑楊適時抬手看了眼手錶，忽然說：「抱歉小舒，我今天還有點事，不能和你多聊了，過幾天我請你喝下午茶，我們再好好聊一聊吧。」

他拿出手機，按出 QR code 畫面後又遞至季明舒眼前，「這是我的通訊帳號，加一下。」

「噢，好。」

季明舒都來不及思考，就被動地拿出手機，加了他的通訊帳號。

岑楊當著她的面將備註改為「小舒」，還晃了晃手機，笑著說：「我最近回國才註冊通訊軟體帳號，你是我的第三個好友。」

沒等季明舒接話，他又收了手機，「好了，我先走了，回頭聯絡。」

直到岑楊走出視線範圍，季明舒仍如墜夢中，久久不能回神。

這麼一個大活人，小時候說消失就消失了，過了十幾二十年，說出現又出現了，真是魔幻。

蔣純站在一旁，盯了會兒岑楊的背影，又嚴肅兮兮地盯住季明舒，質問：「說吧，你和這岑楊哥哥是不是有什麼姦情？！一看見他你就像被黑白無常勾了魂魄似的杵這裡半天不動……欸你和岑森鬧矛盾不會是因為還有這麼個青梅竹馬小哥哥在裡頭攪事吧？不過話說回來我怎麼從來沒聽你提過還有這麼一號人物？」

季明舒還沒開口，蔣純又鬆開挽著她的那條胳膊，小聲碎碎念道：「季氏舒舒你變了，你對我都有小祕密了！」

季明舒用一種「你莫不是被歌者文明[2]降維打擊了」的眼神盯著她，生動詮釋了什麼叫做一言難盡無幾把語。

而另一邊，岑森一直坐在原位，還沒看清季明舒撞到的那男人長什麼模樣，就被旋轉伸

2 劉慈欣科幻作品《三體》中的外星種族，文明程度高於地球文明和三體文明。

展臺阻隔了視線。

他不急不緩地囑託完周佳恆，起身走往季明舒的方向。

只是大秀結束過後現場忙亂，等他走至季明舒之前所站的位置，人早就不見了，四周也看不到人影。

倒是一刻鐘後，周佳恆傳來服裝展示室的一線情報，「夫人和蔣純小姐正在試衣服，除了您說的那幾套，夫人似乎還很喜歡開秀模特穿的那條白色裙子。」

岑森想都沒想，「買下來。」

周佳恆應了聲「是」，沒再提及還有什麼男人。岑森也就沒有多問。

✕

克里斯．周的這場早春大秀聲勢浩大開場，又以驚豔讚嘆結束。

秀後數天，娛樂八卦和時尚媒體都還時時提及頻頻討論。

只不過前者多側重於前來看秀的明星——明星的服裝穿著髮型妝容，合照順序座位前後，還有娛樂圈未解之謎的姐妹情誼同框身高，都是可以拿來大做文章大肆議論的好素材。

後者則更為專業深入，討論的都是克里斯．周這次在國內開秀的意義，這一季三個系列設計的優缺點，這次作品和他以往的風格有什麼異同，在哪些方面屬於繼承哪些方面又屬於顛覆……當然被頻繁提及的，還有此次秀場的設計。

比如谷開陽他們雜誌就在專訪中寫道：「十二月剛剛邁入初冬，克里斯．周便在平城君逸華章飯店發佈了明年的早春成衣系列……

克里斯．周再次邀請室內設計師季明舒合作打造「春衫薄」主題早春秀場，並創作同名沉浸式影像藝術裝置用以發揮極致感官體驗，現場琴梯迴廊與鏡面倒影交相輝映，沉浸式裝置使人夢回上海灘時代，主秀場的旋轉輪船也別具匠心。」

本季早春大秀從秀場到時裝都已走出克里斯．周的固有風格，在現代簡約藝術和中國元素復古風情的結合上，克里斯．周和他的室設搭檔都交出一份臻至完美的答案卷。」

克里斯．周最後兩分鐘的致辭感謝，幾乎是直接性地將季明舒推至臺前，給她在室設這一塊抬咖抬地位。

和《零度》一樣，很多時尚雜誌和媒體寫評論時，都會下意識地對這位室內設計師進行深入挖掘，結果挖完發現，她沒有什麼其他作品。當然，這也關係不大，直接吹學歷，吹她是克里斯．周御用搭檔就完事了。

一時間，彩虹屁紛至遝來。

以前季明舒屁事不幹都有人天天誇她人美心善品味好，現在幹了件正經事，那誇獎更是可以全方位地平面立體多維度展開了。

季明舒看都看不過來，克里斯．周走後，她就直接趴在床上鹹魚躺了足足兩天，滿腦子都在二倍速播彈幕——

岑氏森森還有良心嗎？什麼時候才會求本寶寶回家？這次工作賺到的小錢錢能撐到那個時候嗎？我該不會要等到去世？嗚嗚嗚工作也太辛苦了！本雀寶承受得太多了！

就在季明舒鹹魚到身都不肯翻的時候，那日在秀場偶遇的岑楊傳來了訊息給她，說自己有個朋友在西庭三號買了套中式別墅，希望找人幫忙做設計。

季明舒下意識回了句：【不了不了。】

回完她也不好意思說是因為自己好累最近不想工作，只好委婉地解釋道：「我不太會做中式設計，而且剛剛辦完秀，靈感好像有些枯竭了，不過我認識一位很優秀的中式設計師，可以推薦給你。」

岑楊說「好」，她便從通訊錄翻出之前錄節目認識的別組設計師名片，傳了過去給他。

沒過多久，岑楊又問她有沒有時間出來喝個下午茶或者吃個晚餐，多年不見，想和她敘敘舊。

她剛剛才推了一個設計的差事，不好再接二連三地拒絕，況且，岑楊的要求她也找不到拒絕的理由。她對小時候很多事情已經沒有太深的印象，但她始終記得，岑楊小時候對她很好。

沒多猶豫，她回了一個「好」字。

季明舒這鹹魚的日子躺得渾渾噩噩，也沒注意時間，臨近見面才發現，岑楊約她吃晚餐的那天是平安夜。

×

平安夜的法式餐廳裡，空靈舒緩的音樂在空氣中躍動流轉，橘調燈光下，精緻餐具剔透發亮，杯盞桌椅每一處細節都極具法蘭西的優雅風情。

季明舒被侍應領著一路走往岑楊預定的位置，沿途看到的，都是出來過節吃大餐的年輕情侶。

岑楊遠遠朝她抬了抬手，又起身，幫她抽出軟椅。

季明舒覺得這餐廳氣氛怪怪的，落座時有些不自在。

岑楊也回到對面落座，幫她倒了一點紅酒，笑著問了句：「你是不是覺得有些彆扭？其實我也有點。」

倒完紅酒後，他按著杯底往前推了推，又繼續道：「實在是太抱歉了，是我沒有考慮周全，今晚會出來吃大餐的，好像都是小情侶。」

岑楊說得這麼坦然，季明舒倒不好意思做出不自在的模樣。她抿了一小口酒，又輕輕聳肩，「沒關係，剛好我也很久沒吃法餐了。」

岑楊點點頭，和她一起點餐。

畢竟是曾經熟悉過的人，有心要熱絡起來太過簡單，兩人從餐點很自然地就聊到了小時候第一次去吃法餐的經歷。

那時兩人都小小的，不大懂事，季明舒裝模作樣地伸出小短手切牛排，也不知道怎麼弄的，「啪嘰」一下，就把牛排切到飛起來，直直飛到了岑楊臉上，岑楊沒和她這小不點計較，還很有大哥哥的責任感，把自己的牛排切好，和她交換了餐盤。

這些事情過去太久，季明舒平時很難記起，但岑楊一提，她也都慢慢想起來了，而且越想越覺得小時候的自己又好笑又好糗，她不甘示弱，也想起些岑楊幼時笑料拿出來還擊。

一頓完整的法餐能吃上足足兩小時，和岑森這種「多說一句算我輸」的人一起吃，季明舒總覺得既無聊又難熬，和岑楊這種信手拈來都是話題的人一起吃，卻出乎意料地全程都很盡興。

而且長大後的岑楊和小時候一樣，極懂分寸，聊的話題都很日常輕鬆，沒有一上來就像十萬個為什麼似的苦大仇深憶往昔。

一直到最後喝咖啡時，岑楊臉上的笑容才淡了淡，提起一句敏感話題，「聽說你和他結婚了，他對你好嗎？」

雖然岑楊全程照顧氛圍和諧，但季明舒來之前就隱隱有種……他一定會問到岑森的感覺。果然，該來的還是來了。

她也端起咖啡略抿一口，認真想了想，輕聲回了句話：「他對我有時很好，有時不好，但我很喜歡他。」

岑楊聽完稍怔，半晌才「嗯」一聲，又輕描淡寫岔開話題說：「我送你回家吧。」

季明舒點了點頭，拿上手提包，起身。

✕

法式餐廳的音樂依舊空靈舒緩，燈光也依舊很有情調。

一小時四十三分三十秒。

岑森坐在不遠處，目光從腕上錶盤移開，面無表情地喝了口咖啡。

這時節，不管在哪聖誕氣氛都很濃郁，法餐廳裡也放著聖誕樹，窗上也都貼著聖誕雪花，只有岑森一人坐在角落，與這歡快熱鬧格格不入。

看著岑楊和季明舒離開餐廳，他也緩緩起身。

今天他是自己開車，沒有提前通知，想直接去星港國際接季明舒吃晚餐看電影，沒想到在樓下剛好遇見她叫車出門。

來時他遠遠跟著季明舒所乘的計程車，離開時他又遠遠跟著前頭那輛白色賓士。

遲來的初雪飄落。

他開著窗，好像感覺不到冬日風冷。

從餐廳到星港國際不過半小時車程，可因平安夜人流激增，這半小時被拉長了足足一倍。

在餐廳時，季明舒和岑楊聊的都是兒時趣事。等匯入燈流車海，兩人好像才邁入成人世界，互問一句現實生活。

季明舒的現實生活也沒什麼新奇事情可多贅述，不過是沿著幼時便可窺見的成長軌跡一路往前，這些年也沒走偏。

倒是岑楊，原本是岑家獨一份的天之驕子，一朝突逢大變，雖不至於從雲端跌落泥土，但從他身分改變的那一刻起，就註定他童年時期的高高在上已是他人生再也無法企及的終點，岑家少東家所要經歷的往後餘生，也是他永遠沒有機會再次踏足的旅途。

可能是親情緣淺，季明舒從初二那時候得知真相開始，就更能對岑楊的處境感同身受。

總覺得某國王儲突然告訴她，自己是他們失散多年的女兒，她會開開心心搬過去當尊貴的小公主；但換成一對十八線小城鎮的貧民窟夫婦前來領人，她可能會原地暈倒抱著季家門廊圓柱不肯走人。

聽季明舒委婉說起自己的觀點，岑楊只是笑笑。

他單手把著方向盤，從一旁儲物櫃裡拿出盒口香糖，邊拆邊望向遠處的酒綠燈紅，聲音平靜，「沒你想的那麼不能接受，我這些年滿好的。」

季明舒偏頭看著他。

「其實一開始不太好，後來習慣了，也就好了。」

停在紅燈前，岑楊遞了片口香糖給她，回憶起來很是雲淡風輕，「說真的，可能是因為過去太久，很多事我都記不清了。只記得剛從南橋西巷搬走的時候，我連續失眠了半個月吧大概……那時候整夜整夜睡不著，想爺爺奶奶，想爸爸媽媽，想舒揚他們。」

他看了眼季明舒，「當然了，還有你這小不點。以前總覺得你這小女生可真是吵，但沒你跑來家裡吵了，也滿不習慣的。」

季明舒抿了抿唇，沒有接話。

岑楊又說：「要說沒怨沒恨過也不現實，我現在不是在做風投嗎，剛工作那時候壓力大，我總是會想，如果我還是岑家的岑楊，哪裡需要像現在這麼辛苦。」

他稍稍一頓，又輕笑了聲，「不說這些了，真的都已經過去很久了，現在大家都滿好的，各歸各位，在哪不是生活。」

「在哪不是生活」這話說起來容易，體驗起來可真是太難了。

——離家出走數月的小金絲雀本雀對此可以說是深有體會。

季明舒很想安慰些什麼，但又不知該從何開口，也就只點點頭換了個話題，「那你今年也有……二十七歲了吧，有沒有交女朋友？」

岑楊半瞇起眼回憶，「上大學後陸陸續續交過幾個，不太適合，都分了。這幾年工作忙，也沒時間交女朋友。」

紅綠燈轉換，車又緩慢地往前挪移，他想起什麼，又問：「我剛從星城過來，聽安寧說，你和他前段時間去過星城？」

「嗯，去吃了頓飯。安寧和……安伯母還好吧？」

岑楊不假思索答道：「滿好的，本來我想等安頓好了接她們到平城來一起生活，不過她們說習慣不了這邊，就不過來了。」

見岑楊說這話時神情坦然，季明舒不免有些疑惑：那時候安寧不是說，岑楊和他們關係不怎麼樣，也不怎麼和他們聯繫嗎？怎麼感覺岑楊對他們也沒有那麼排斥？奇怪。

不過話說回來，經由安寧提及的寥寥數語，她想像中的岑楊應該是一副因身世轉換始終不能釋懷的冷漠陰鬱模樣，可今日見到的岑楊積極向上，落落大方，對往事好像也早已不甚在意。

——明明這就是天意弄人過後最好的結果，但季明舒總覺得不太真實。

✕

到星港國際後，岑楊停車，繞到副駕為季明舒打開車門，見季明舒還在出神，他又往裡俯身，想幫她解安全帶。

季明舒及時反應過來，伸手擋了擋，「不用，我自己來。」

她解開安全帶，拎著包包匆匆下車。

外面在下雪，比在路上那時候下得更大了些。

岑楊仰頭看了眼，問：「這是不是平城今年的第一場雪？」

季明舒點點頭，伸手去接，「前段時間天氣預報就一直在說，沒想到今天才下。」

說這話的時候，她眼中閃過一絲不易察覺的落寞。

其實她好想和岑森一起看初雪，也好想和岑森一起過平安夜啊。可岑森秀後都沒有再聯繫過她，只讓周佳恆送了次衣服……好像誰很稀罕他的破衣服似的。

不過就算聯繫也沒有用吧，岑森這種能為工作鞠躬盡瘁莫得感情的資本機器，這輩子應該都不會有和老婆一起過平安夜耶誕節的浪漫情趣了。

這麼一想，竟然沒有那麼失落了呢。

「……小舒？」岑楊喊完一聲沒有回應後，又喊了聲。

「啊？」季明舒回神，抱歉地看向岑楊，「不好意思，剛剛在想事情，怎麼了？」

「沒有怎麼，就是覺得還能和你見面，這種感覺很好。」

岑楊輕笑，露出兩排白而整齊的牙齒，他的身影挺拔修長，站在冬夜飄雪中，顯得特別地清潤溫暖。

季明舒也不由得笑了笑，那笑意在嘴角停了很久才稍稍變淡。

她看著岑楊，有些感慨地說：「長大之後再叫你岑楊哥哥，好像不是特別合適了，我好像也沒有立場站在你那一邊同仇敵愾了……但不管以前怎樣，以後如何，我都是真心希望你可以過得幸福快樂。也是真心希望，你可以永遠像我記憶中那樣溫暖陽光。」

岑楊也看著她，唇邊掛著淺淡不及眼底的笑，忽然上前抱了抱她。

遠處停了一輛黑色荒原路華。

岑楊看著遙遠又模糊的駕駛座，目光安靜筆直，始終沒有說話。

——小舒，抱歉，從很久以前起，我就不是你記憶中的岑楊哥哥了。

×

回到公寓後，季明舒照常卸妝洗漱。家裡安安靜靜的，平安夜的谷開陽，仍舊奮鬥在加班不加薪的第一線，也不知道什麼時候才能回來。

季明舒敷好面膜後看了眼手機，岑森這頭豬真是連個標點符號都沒傳給她，簡直令人窒息。

她盤腿坐在沙發上，越想就越想不通。

他不是也在國外念大學嗎？對平安夜耶誕節就這麼不重視？他這麼不崇洋媚外還念什麼哈佛？傳一則「聖誕快樂」股價就會暴跌三十個百分點嗎？是不是人？他怎麼娶到老婆的？

季明舒陷在平安夜不被問候的意難平裡無法自拔，蔣純還剛好在這種時候撞上槍口曬恩愛。

她傳來兩張圖，問：「唐之洲送我的戒指，好看嗎？」

季明舒：【……】

季明舒：【我教你的手指操是不是一天都沒練過？又短又粗還不如我腳趾長得好看你也好意思戴戒指，別告訴我你已經發動態了，這樣吧你非要發動態就摘下來拍個盒子照就得了別丟人現眼。】

蔣純：【……】

蔣純：【已經發了。】

蔣純被懟已經是習慣成自然，季明舒要是誇她兩句她還會不自在，總覺得季明舒在醞釀什麼大招，等著她美得飄飄然再把她給一招轟下來。這時得到季明舒的常態回覆，蔣純就放心大膽地和唐之洲撒了撒嬌。

她鼓起臉，舉著小胖手問：「舒舒說我的手又短又胖戴戒指不好看，你覺得呢？」

唐之洲揉了揉她腦袋，「你怎樣都好看。」

蔣純點點頭，又傳訊息給季明舒。

蔣純：【唐之洲說我怎樣都好看，嘻嘻。】

好在她還懂點分寸，在季明舒正式進入攻擊狀態前，她又及時地奉上轉移注意力的最新情報。

蔣純：【對了，今天我和唐之洲在久方百貨這邊看電影，還遇到李小蓮了。】

季明舒：【李小蓮？誰？】

蔣純：【……李文音啊！你能不能對你的情敵保持一點最基本的尊重！】

季明舒：【……】

季明舒：【她和誰一起看電影了？】

蔣純：【一個男人，還蠻高的，不過今晚電影院人也太多了，我都沒看到正臉，而且那時候不是都進場了嘛，電影院裡烏漆嘛黑的，出來也沒看見他們。】

季明舒下意識就想到了岑森，心情有些煩躁。

蔣純：【不過肯定不是你家岑森，一看就沒你家岑森那種「我站這一分鐘能賺一個億」的霸總氣質。】

季明舒：【下次說話請注意正確的斷句方式，不然就不要說話了謝謝。】

蔣純：【……？】

蔣純：【我又做錯了什麼？】

蔣純忍不住訴說起了自己及時通報消息不被表揚反被炮轟的委屈，季明舒懶得看她做作表演，正打算放下手機去洗掉面膜，谷開陽卻忽然打電話來。

她按下接聽，電話那頭的谷開陽像是被電鋸殺人魔追殺了般，上氣不接下氣，前言不搭後語，「你知道，你知道我看見什麼了嗎？我回來了，我在電梯，我看見岑森，和一個男的，在樓下……」

季明舒當機一秒，「接吻？」

谷開陽頓了頓，「不是，你在想什麼啊？就兩個男的，不是，一個男的……」

季明舒忽然想起什麼，鞋都沒穿就跑到窗邊扯開窗簾。

岑楊那輛白色賓士沒有疾馳離開，而是開到了馬路對面，停在一輛路華旁。

兩個男人站在兩車中間，雙手插口袋，齊齊抬頭，看向——她？

三十秒後，季明舒穿上高跟鞋匆匆出門，勉強保住卸妝之後僅剩的一點精緻。

她將左右四部電梯按了個遍，然後站在那裡傻等，順便默默懷念起了柏萃天華的頂樓專屬電梯。

三十秒，沒到。

一分鐘，還沒到。

這麼慢！垃圾大樓！

一分零十八秒後，終於有電梯開門了。

季明舒一陣風似的捲進了裡頭，順便把還在玩手機的谷開陽給推了出去。

谷開陽被趕出電梯時懵了懵，剛剛那是季明舒？臥槽我沒帶門卡啊跑這麼快趕著去上墳嗎這小姐妹！

說起來，季明舒這心情和去上墳也沒什麼區別了。

她一路忐忑，還有點莫名其妙的小心虛，關鍵就是也不知道岑森什麼時候來的，在樓下又和岑楊又聊了什麼，最最最關鍵的就是——剛剛岑楊送她回來的時候抱了她，該不會被他看見了吧？

季明舒心底咚咚咚地敲著小鼓，敲了沒一會兒，她又覺得不對。

這狗男人投資李文音的電影還那麼理直氣壯裝模作樣的，她和岑楊見個面怎麼了？老朋友擁抱一下怎麼了？

他岑森把初一到十四都做全了，她季明舒才伸出小腳腳踩了下十五的邊邊，心虛個什麼勁呢！

對沒錯就是這樣。

這樣一想，季明舒腰杆都不自覺地挺直了些。

她還反思了下，這可能就是三觀太正道德感太強帶來的後遺症。不好，非常不好，太損己利森了。

星港國際這棟大樓人員來往非常頻繁，雖然坐上了電梯，但下樓期間幾乎是兩樓一停三樓一頓，時不時就有人上下，足足耗了五分鐘才從三十三樓下到一樓。

外面下著雪，溫度低，風也冷。

季明舒裹緊小風衣走到路口過馬路，隨著人流匆匆行至跟前，才後知後覺發現，岑楊和他的白色賓士已經不見了，只剩岑森雙手插在大衣口袋裡，倚著路華的車門，目光淡淡，一副審判者姿態。

這可真是活生生的地獄空蕩蕩，岑森在路上。

季明舒下意識便問：「岑楊呢，走了？」

「走了。」

岑森應得簡短，聲音像是放在雪裏了裹，清清冷冷。

季明舒的小雀心肝不由一顫，僵硬片刻，又硬著頭皮吞吞吐吐問了句：「那你們，你們剛才聊了什麼？」

「你覺得呢。」

岑森垂眸看她。

季明舒張了張嘴，愣是沒說出話。

好半晌，她又換了個方式問：「你什麼時候來的？」

岑森：「六點半。」

……？

六點半她才剛出門吧，所以從她出門到岑楊送她回來，他是全看到了？

季明舒下意識便想解釋，可話到嘴邊她又想起了下電梯時那一系列的心理活動……解釋什麼呢解釋，有什麼好解釋的，她憑什麼向岑森這狗男人解釋！

前後不過三四秒的功夫，季明舒的態度就倏然轉變，她挺直腰杆，還伸出根手指戳了下岑森的胸膛，振振有詞道：「請注意你現在和我是待離婚的關係！你都敢投資李文音的電影了，我和岑楊吃頓飯拖一下怎麼了！我還沒審判你呢，你別妄想能在這裡審判我！」

岑森目光靜靜，沒說話，只忽然握住她戳在胸膛上的那根手指，繼而又握住她的手，特別自然地拉進了大衣口袋裡。

？？？

季明舒腦子一懵。

「前幾天在談一個併購案，七十二小時沒停過，沒有睡覺。今天上午回來，休息了幾個小時，本來想晚上接你吃飯，順便看個電影。你已經吃了，但我從早上到現在，還沒有吃過東西。」

他的目光仍然平靜，聲音也沒有起伏，平得像是在開會做報告，可季明舒卻從這日程報告中莫名聽出了一點點的委屈感。

而且重點是，他六點半竟然就來接她吃飯看電影了。她剛憋出來的那點氣勢瞬間煙消雲散，甚至還有種特別後悔特別愧疚的感覺。

沉默半晌，她垂著眼睫小聲念了句：「其實那個法餐，我也沒有吃飽。」

沉吟片刻，岑森說：「那去吃飯。」

他順手幫季明舒清理了一下落在風衣上的雪花，牽著她走往副駕。

車門打開，季明舒遲鈍地坐了進去，剛想伸手扯安全帶，岑森又先她一步傾身，將其扣攏。

扣安全帶的這幾秒，兩人離得很近，季明舒能聞到他身上清淡的冷杉味道，也能看到他短短髮梢上有六瓣雪花正在悄悄融化。

不知怎地，季明舒心念一動，忽然很想親他一下。

他在外面站了那麼久，現在嘴唇一定是涼涼的，像從冷藏櫃裡拿出來的果凍一樣。

正好這時，岑森也轉頭看她。

兩人四目相對的瞬間，季明舒靠在椅背裡，神情矜持，可渾身上下每個細胞都在叫囂：嗚嗚嗚親我親我快親我！親了我我就不要你跪下認錯了！！！

可惜，對視三秒過後，岑森便不解風情地直起了身體，從另一側拉開車門，彷彿剛剛那一波把手拉口袋的神操作是附近阿飄看不過去附身幫忙完成的一樣。

「……」

呵，看來他還是比較喜歡跪下認錯。

季明舒心裡正奔騰著草泥馬，忽然接到谷開陽打來的電話。

她「喂」了聲，又一本正經說道：「我有點餓，出去吃點東西再回去。怎麼了，有事嗎？你是不是加班沒吃飯，要不要我幫你帶一點？」

「不，不用了。沒事，我就……打錯了，嗯，打錯了。」

谷開陽迅速俐落地掛斷電話，看著對面路華疾馳而去的車影，站在馬路邊上好半天都沒回神。

冷風呼呼吹著，還是賣花的小女生叫了她一聲「姐姐」她才從游離的思緒中清醒過來。

她連忙買了把花，又打電話給蔣純，「你在哪？」

蔣純在吃東西，含糊不清地應了聲，「我和唐之洲在碧橋這邊吃火鍋。」

谷開陽：「那你今晚回不回公寓睡？」

蔣純臉一紅，咽下肥牛捲，又喝了口可樂，掩著手機小聲道：「你胡說八道什麼呢，我和唐之洲很純潔的！當然會回家睡！而且我爸每天零點都要打電話查崗的！」

谷開陽才沒心思管人性生活，「那你收留我一晚，你先吃，我去你家樓下咖啡館等你，季明舒這女人跟她老公走了還把我門卡給帶走了！」

蔣純：「那你不會叫她幫你送去？」

谷開陽：「你腦子是被火鍋底料給塞住了嗎？這麼千載難逢的送神機會我還趕著上門打擾？我谷開陽今晚就算凍僵在天橋底下也絕對不會再打半通電話給季明舒的！」

蔣純：「……」

真是絕了。

✕

平安夜，市中心節日氣氛很濃，到處在播聖誕歌，廣場上馬路邊，全都是大大小小各式各樣的聖誕樹，地上已經積了一層薄薄的雪，看這架勢，還會持續落上很長一段時間。

雖是節日，但近半夜十二點還開張的基本都是日料店和火鍋店，餘下那些麵館、燒烤用餐環境太過一般。再加上岑森不愛吃日料，兩人剩餘的選擇也就只有火鍋。

這家火鍋店服務十分到位，深更半夜服務生都還很有精神，邊和兩人說著「聖誕快樂」邊遞毛巾、送聖誕帽給兩人。

季明舒是個小鳥胃，傍晚吃了頓大餐，這時早就吃不下什麼東西，意思意思點了幾樣蔬菜，就將平板遞給岑森。

岑森也沒點太多東西，下單後將平板交給服務生，又看了眼桌底季明舒光裸的小腿，「冷不冷？」

季明舒：「還好。」

這點冷都扛不住，還做什麼美麗動人的小仙女。

其實毛衣裙搭風衣也是她的冬日日常穿搭了，主要是出門時有點急，她都沒來得及換靴子，穿了雙高跟鞋就噔噔噔跑了出來，這時腳還真有點冷。

岑森聞言，正準備脫大衣，可服務生忽然神不知鬼不覺地出現在了桌邊，手裡還拿了條毛毯，臉上笑吟吟的，「小姐，冬天要注意保暖哦，這是給您的毛毯。」

「噢……謝謝。」

季明舒也是第一次來，對這周到服務略感意外，笑著接了。

岑森抬頭瞥了眼服務生。

服務生渾無所覺，還無懈可擊地問了句：「先生，您需要一條嗎？」

「不用。」

岑森覺得自己可能是太久沒有吃過火鍋了，竟然不知道現在做火鍋這種半自助的餐飲，服務都已經如此到位。

季明舒是一個出門在外比較麻煩的女人，吃火鍋的時候，調料不會自己弄，水不會自己倒，帶殼的食物也從來不會自己剝。

可就是這麼麻煩的一個女人，岑森也全程沒能幫她做點什麼，萬能的服務生全都在第一時間幫忙做了。

離開時，季明舒還誇了幾句這家店的服務態度可真不錯，不比那些人均幾千的日料店和法式餐廳差。

岑森沒說話，只隨手揉了揉收據，毫不留情地將其扔進垃圾桶。

服務生站在門口送客，有點搞不明白這男顧客到底是哪不滿意，全程服務如此貼心，臨走時竟然還滿臉都寫著「你們店我絕對不會再來第二次」，餐飲行業真是太難做了。

X

兩人吃完火鍋已經很晚，商場原本還開著的西門也已關閉，只剩從電影院下去的一臺電梯還在營運。

一路走至影院，岑森忽然問了句：「要不要看電影。」

「啊？電影啊，也行吧。」

季明舒心裡冒著粉紅泡泡，臉卻應得很是勉強為難。

這麼晚還在放映的只有今日首映的某部愛情片，從半夜十二點到早上六點排了三場。午夜場看的人很多，到他倆要看的兩點場卻空無一人了。

影廳裡光線昏暗，愛情片的節奏也慢，見沒有旁人，季明舒邊看邊下意識地對電影內容碎碎念。

看到男主角誤會女主角和男二號上床的時候，她忍不住吐槽道：「太狗血了，現在投資方是錢燒得慌嗎？怎麼什麼電影都投資！這男的也是腦子有泡，女主那麼明顯喜歡他他竟然還會誤會，他是個傻子吧，蠢得沒極限了。」

岑森沒說話，倒是在心底附和了聲，確實是蠢得沒極限了。

今晚岑楊和他說了很多，他沒怎麼聽進去，也不甚在意，不過有一句話，他倒是聽得清楚也記得很清楚——「小舒現在喜歡你，但並不代表她會永遠喜歡你。」

現在，喜歡你。

他看向布幕的眼神莫名柔和，唇角也往上，很淺地揚了下。

季明舒正被劇情氣得不行，轉頭卻見岑森在笑，滿腦子都是問號。

這人是變態吧女主都這麼慘了他竟然還笑得出來，有沒有人性？

第十三章

岑森和季明舒看的這部電影，劇情簡單狗血，屬於「看開頭就能猜結尾」系列，但季明舒看得特別真情實感，從影院出來後，她還拍了張票根發動態，為人進行無劇透版的技術性防雷。

她拍票根的時候，岑森正好站在她的右側，左腕上的訂製手錶不小心入了鏡，修圖時她注意到了，但也不知道是出於什麼心理，她沒裁剪也沒遮擋，就好像什麼都沒注意到般，直接發了出去。

凌晨四點，還有不少夜貓子沒有入睡，季明舒這動態發出去不到五分鐘，就收到了上百個讚。舒揚也沒睡，和朋友在外面玩。看到季明舒的動態，他放大照片瞇眼觀察，忽然眼睛一亮，樂了。

舒揚：【凌晨四點陪老婆看電影，森哥威啊。】

舒揚：【以後誰再說我們森哥是不解風情的鋼鐵直男我第一個跟他急，這職業素養，這業務能力，不是我捧，賣啤酒您都能拿第一！】

舒揚：【@江徹，江總您學著點。】

他們幾個玩伴有通訊軟體聊天群組，管理員是江徹。平日江徹、舒揚、趙洋在裡頭都算活躍，只有岑森基本處於墳前長草狀態，但偶爾他也會詐詐屍，往群組裡轉傳些熱門時事、行業動態。

這時舒揚截圖了季明舒的動態在群組裡調侃，也就是仗著夜深人靜沒人線上不會被懟。沒想到江徹今晚和周尤吵了一架，回家裝孫子伺候洗腳什麼的，好一番哄才勉強把人哄睡，這時兩人躺一張床上還什麼都不能幹，他心裡正憋著火，正巧舒揚撞上槍口自找羞辱，那他自然不會放過這大好機會。而且江徹這人向來是「我不開心你們一個個都別想好過」的現代陪葬制度忠實擁護者，把舒揚臭罵了一頓還不給人辯駁機會，直接踢出了群組。

如此這般還不盡興，他又揪出身處睡夢中對這一切渾然不覺的趙洋進行了一翻舊帳羞辱，最後輪到了岑森。

可能是覺得自己嘲諷力全開的時候無人圍觀太過寂寞，輪到岑森時，他還把舒揚給拉了回來。

江徹：【岑森，凌晨四點看電影發什麼騷，有本事就帶你老婆回家滾床單別在外頭丟人現眼。】

江徹：【明早九點容躍那邊還要簽約，看你這樣子也不用去了，和你這種老婆腦合作我真是倒了八輩子楣。】

舒揚適時插上一句。

舒揚：【這麼晚還在外面晃，大概是因為老婆帶不回家。】

江徹：【也是，我猜今年都別想帶回家了。】

兩人一唱一和，倒有幾分前嫌盡釋的意思。

「你在看什麼？」下電梯時，季明舒見岑森盯著手機，隨口問了句。

岑森淡聲道：「沒什麼，看到你剛剛發了動態。」

季明舒想起自己發的照片，有點小心虛，沒好意思再多追問。

岑森垂下眼瞼，往群組裡轉傳了則他和江徹合作的精誠資本與容躍科技達成第三階段戰略性合作的財經新聞。

新聞上寫得清清楚楚，簽約儀式於十二月二十三號上午九點在澳大利亞坎培拉舉行，仔細算算，都已經是四十三個小時之前的事情了。

岑森：【不知道是誰倒了八輩子楣。】

江徹：【……】

岑森：【你說的最後一句，反彈給你自己。】

江徹：【你三歲吧，還反彈。】

電梯已經到達一樓，岑森掃了眼，沒再回訊息。

夜深風冷，車還停在西門，岑森脫下外套披在季明舒身上，兩人一路並肩往西門回去。

凌晨四點的平城，夜色墨黑深濃，寧靜路燈下仍有飄雪偶爾滑落，地上積了厚厚一層新雪，鞋踩上去，咯吱咯吱作響。

岑森問：「睏嗎？」

「有點。」不問還好，這一問，季明舒不自覺地打了個呵欠。

上車後，岑森看了眼時間，建議道：「回明水吧，上午我還有個會要開，睡不了多久。」

季明舒摩挲著安全帶，沒有第一時間回答。她目光直視前方雪地，好像在認真思考什麼。等車啟動，她才矜持地點了點頭，勉為其難道：「既然你早上還要開會，那就先去明水住一晚吧。」

「嗯。」

岑森打著方向盤轉彎，腦袋也略微偏向駕駛座那側車窗。在季明舒看不到的角度，他的唇角往上，輕輕牽了下。

季明舒應承後總覺得渾身不自在，她放下椅背往後躺，「我有點睏，先瞇一下。」

岑森又「嗯」了聲，還提醒：「座椅後面有毛毯。」

季明舒伸手揪出一條，整整齊齊蓋在身上，雙手也在小腹上規矩交疊。

明明是有睡意的，可看著車頂，她怎麼也睡不著，一面覺得和岑森一起看初雪過聖誕的感覺好滿足，一面回想起離家出走前夜岑森那些傷人的話，又覺得連個道歉都沒得到就被拐回去，自己也太沒骨氣了。

兩種念頭在腦海中交織，她左邊翻翻，右邊翻翻，怎麼也睡不著，乾脆又將座椅立了起來。

岑森問：「怎麼了？」

季明舒盤腿坐在椅子上，抱了個汽車銷售店品味獨特的福字枕頭，腦迴路不知繞了多少個彎，忽然悶悶地開口道：「沒怎麼，就是，就是我覺得我得和你解釋一聲，我沒做任何對不起你的事。」

岑森看了她一眼。

「我和岑楊只是單純地吃了頓飯，而且我之前也沒注意他約的日子是平安夜，他抱我那也只是，朋友之間的抱，你知道吧？」

「嗯，我知道。」岑森不以為意地應了聲。

季明舒眼巴巴地看著他。

沒了？就這樣？

他好像完全不吃醋呢……好吧這不是重點，不吃醋就算了，那作為等價交換條件，他不是應該主動交代一下和李文音的事情然後再和她道個歉嗎？這男人怎麼這樣？！

正當季明舒琢磨著要不要再問得明顯一點的時候，岑森終於體會到了她煞費苦心九拐十八彎的深層含義。

車從明水公館通往湖心的橋上通過，他降低車速，說：「我也沒有做任何對不起你的事。」

來了，終於來了。

還不算無藥可救！

季明舒坐直了些，打算洗耳恭聽。

可五秒過去，十秒過去，三十秒過去，岑森一方向盤漂亮地甩進了車庫，她也沒能聽著下文。

下車時她還是懵的，手裡揪著那醜抱枕不肯放，一路帶到了臥室。

這一天出去吃了兩頓飯，深更半夜還看了場電影，季明舒簡單沖洗完本來還想好好問問岑森，可思想的糾結最終沒能敵過身體的疲累，她一沾枕頭，就睡得不省人事。

年底事多，岑森忙於工作，也多日未曾好好休息，好不容易騰出半天時間，還要哄季明舒。

好在把人給哄回來了，他感覺頭腦輕鬆了些許，洗漱完從另一側上床，將季明舒攬入懷中，沉沉入睡。

季明舒這一覺直接睡到了下午兩點，岑森早就出門上班。

她坐在床上揉了揉腦袋，對這多日不曾踏足的臥室有種陌生而又熟悉的親切感。

今天才是正經八百的聖誕，手機裡自然少不了來自四面八方的祝福訊息。

季明舒略略看了幾眼，忽地瞄見《設計家》節目組製片傳來的祝福和通知，說是《設計家》的後期製作已經完成，節目也已定檔，一月中旬便會登陸星城衛視。

還告訴他們這些素人設計師，可以提前申請帶節目關鍵字的社群認證，他們這邊可以安排快速通過。

這麼快就定檔了？

也太迅速了點吧。

往上還有同組的馮炎以及不同組的李澈傳來的聖誕祝福。

好歹也是明星，季明舒禮貌性地回了一句「聖誕快樂」。

可就是在回訊息給李澈的時候，季明舒腦海中電光火石般回想起李澈曾經說過的一句話：「其實還挺遺憾的，製片說原本是安排我和你一組，但贊助商那邊有他們的考量，所以調換了一下分組安排。」

贊助商那邊有他們的考量……那時候季明舒還並不知道《設計家》的贊助商是君逸，也對和李澈分不分在一組完全不感興趣，所以根本就沒在意。

現在仔細一想，這難道是出自岑森的手筆？

她不由得坐直了些，又斟酌用詞，問了下李澈。

李澈這明星當得還挺閒的，訊息幾乎秒回，還是回語音。

只不過季明舒沒興趣聽他磁性的嗓音，直接轉成了文字——是有這麼回事，贊助商那邊有他們自己已經定好的設計師，很多人都知道的，考慮到贊助商，節目組在鏡頭剪輯等方面可能都會有一些自己的考量。不過有些事情我不方便多說，季小姐你不用失望，是金子不管在哪裡都會發光的。

季明舒盯著這段轉換出來的文字，憤怒的小火苗蹭蹭蹭冒上了頭頂。

李澈說是說得挺委婉，但這意思是個傻子才看不懂吧？他這意思不就是明擺著告訴她：節目有內幕，君逸不想讓你壓過自己捧的設計師，所以你要做好最後沒有什麼鏡頭的準備？！

岑森這個臭豬頭！她辛辛苦苦忙了一個多月他要是敢給她來個「一剪梅」她就敢把明水公館給燒沒了！

季明舒越想越氣，想到自己昨晚傻呼呼地被他哄騙回來還沒聽他一句道歉就更氣了。

她一個咕嚕翻下床，洗漱好後出門，面無表情地吩咐司機，讓人將自己送回星港國際。

司機一聽她又要去星港國際，頭皮有點發麻，下意識地就想傳訊息給周佳恆報備。

季明舒深呼吸，保持最後的平靜說了句：「我只是去拿點東西，不用告訴周佳恆。」

✕

星港國際的樓中樓內，谷開陽剛從物業那補辦了張門卡，想趁著這難得的一天假期，做個送神後的大掃除。

她一邊拖地一邊哼歌，心情美美的，還想著自己可真是小神婆，昨晚那一波操作簡直溜到飛起。

還真不是她塑膠姐妹嫌棄季明舒，主要是季明舒這種大小姐真的只適合約吃約喝，不適合約住！太要命了！這世上大概也只有岑森這種男人才能無條件地揮灑金錢為她奉上愛的供養！

谷開陽嗨了還沒五分鐘，門口忽然傳來一陣門卡感應的聲響。

「你……你怎麼回來了？」

谷開陽回頭，懵了三秒後，神情逐漸僵硬。

季明舒臭著張臉，「我什麼時候說我要走了？你什麼表情，是不是嫌棄我？！」

求生欲使谷開陽瘋狂搖頭。

與此同時，岑森從超市採購完食材，坐在車後座正閉眼休歇。

今天的小排骨很嫩，也很新鮮，他的小金絲雀一定會很喜歡。

✕

半小時後，岑森傳了則訊息給季明舒。

岑森：【明舒，怎麼了。】

他本來編輯的是「又怎麼了」，但今天舒揚和趙洋正好在群組裡科普說：千萬不要對女人用「又怎麼了」這樣的句型，這會讓她們覺得男人非常沒有耐心。他傳送之前想起這句科普，便特地刪除了「又」字。

季明舒專程等他來問，自然是第一時間就看到了這則訊息。

她沒回覆，還作裡作氣地故意把手機調成靜音模式，螢幕朝下蓋在桌上。

谷開陽倚靠著另一側沙發斜眼睨她，滿臉都寫著無語。

季明舒剛回來那時候，便小嘴叭叭地將岑森控訴了一通。她聽完覺得沒多大點事，還下意識幫岑森說了幾句話。

後來卻懶得說了，因為不管她說什麼，季明舒都能角度刁鑽地找出新罪名把岑森釘死在審判架上。

反正季明舒存了心要找碴，那她老公就算是左腳先邁門檻、比她多吸一口新鮮空氣也都是犯了不可饒恕的大錯。

想到這，谷開陽抄起抱枕蒙在臉上，渾身上下都散發著「也不知道這對作精夫妻作到何時才是個盡頭」的濃濃絕望。

季明舒對她這種塑膠態度極其不滿，還拿撓癢癢神器戳她臉上的抱枕。

「谷開陽，起來！你現在什麼態度，你是不是和那臭男人一樣覺得我是在無理取鬧？！」

「我們多少年的感情了，你說實話，是不是收那臭男人的錢了，竟然站他那邊？」

「行吧你不說話我也看穿了，你現在已經不愛我了，我也不是你的小公主了，果然被工作磨平了稜角的女人都是這麼功利！」

她邊說還邊配合控訴內容，戳得很有節奏。

谷開陽感覺自己被折磨得有點神經衰弱了，忽然拿下抱枕，發出了句來自靈魂深處的疑問：「我說，你是不是喜歡岑森？他這不是沒出軌也撤了資嗎？你也辦了場完美又成功的秀證明了你不是個廢物，那他都把你帶回去了你幹嘛不繼續名正言順揮霍他的金錢？我發現我認識你這麼多年，就最近這段時間你突然就骨氣沖天了啊，一下子對你老公要求變得那麼高……而且你對你老公要求高就算了，你為什麼對我要求也這麼高？！」

季明舒和她對視三秒，忽然挪開視線，若無其事地說了句：「是啊。」

「啥？」谷開陽剛剛問得太多，一時都不知道她回的是哪一句。

「我是喜歡岑森啊，就前段時間突然發現的，忘記告訴你了。」

季明舒說得特別坦然，那語氣就像出門忘了買可樂讓她湊合湊合喝家裡的雪碧一模一樣。

谷開陽懵了會兒，「不是，你說真的？」

季明舒：「騙你幹什麼。」

自內心偷偷承認，還有向岑楊承認過後，她好像越來越不赧於提及自己對岑森的感情。

她甚至還隱有感覺，自己再多承認幾次，可能都敢直接向岑森表白了。

「……」

谷開陽半晌沒說出話。

她認真回顧了下這幾個月季明舒住在她家的一系列反常行為，別說，如果加上「季明舒喜歡岑森」這個先決條件，很多不合理的事好像都變得合理了起來。

她早前就一直奇怪，季明舒這麼多年都安心當著米蟲，怎麼被李文音激一下就突然覺醒尬起了獨立自主的堅強女性人設，原來追根究底是自尊心作祟受不了被喜歡的人看不起，離家出走這是等著人親親抱抱舉高高呢。

明水公館。

岑森傳完訊息給季明舒後，便一直坐在家裡客廳處理公司事務。可他精神有點無法集中，時不時揉揉眉骨，時不時又瞥一眼放在茶几上的手機。

大概過了半小時，手機終於有了動靜，卻是周佳恆打來，向他匯報岑楊那邊的小動作。

聽完，岑森只平淡地應了聲「嗯」，沒有什麼情緒起伏。

其實從岑楊回國那日起，他便收到了消息。這消息還是岑遠朝親口告訴他的。

岑家念著往昔情分，岑楊在國外的這些年明裡暗裡也多有照拂。岑楊也不負培養，朝著行業菁英的方向穩步前行。可以說，只要他肯放下過去，未來鋪在他腳下的也是一條平安順遂的康莊大道。

但偏偏，他沒有辦法放下過去。

其實岑森對他籌畫的這一切沒有半分興趣，他離開岑家太久，似乎都不知道這個看似溫情實則冷血的姓氏如今已經成長到了怎樣的地步。

曾經勢均力敵的季氏集團現今都已不是岑氏集團的對手，他岑楊所做的一切，連以卵擊石都稱不上。

比起欣賞他的無謂掙扎，岑森這時顯然對做排骨更感興趣。

掛斷電話後，他走至中島臺前，慢條斯理地挽起袖子，開始處理小排骨。

✕

無所事事地批判岑森批判了一個下午，傍晚時分，季明舒終於住嘴。

她和谷開陽都餓得咕咕叫，雙雙舉著手機討論，今晚到底是點「黃燜雞米飯」還是「無骨酸菜魚」，正在這時，門鈴突兀響起。

季明舒伸出小腳腳踢了下谷開陽，谷開陽被奴役慣了，起身起得很自覺。

「誰啊？」谷開陽邊從貓眼往外看，邊問了句。

門外響起一道很有禮貌的男聲，「您好，請問是谷小姐家嗎？我是君逸華章飯店餐飲部的工作人員，是來為您和季小姐送餐的。」

聽到「君逸華章」，谷開陽毫不猶豫開門。

外頭的送餐人員稍稍鞠躬，又笑著將保溫食盒往前遞了遞，「您好，裡面有兩份是我們飯店準備的便當，另外還有一小盒紅燒排骨，是給季小姐的。」

谷開陽也笑了笑，「好的，謝謝。」

將人送走後，谷開陽提著餐盒火速竄回客廳。

她正準備問問紅燒排骨點名給季小姐是怎麼回事，季明舒就翻開餐盒捧出小排骨，盯著打量幾秒，忽然小聲罵了句：「臭不要臉！」

——罵人的時候，季明舒臉上還不自覺地泛起了紅暈。

谷開陽整個人都在狀況之外，滿腦子問號：這不是在罵我吧？不是，你罵就罵怎麼還臉紅了呢。

「那什麼，你是不是不想吃，不然給我……」

「你怎麼想得這麼美？！」

谷開陽話沒說完就被季明舒打斷。

季明舒還警惕地抱住小排骨，將雜誌橫擺在茶几上強行分出三八線，用實際行動表明塑膠姐妹之間只能共苦，不能同吃小排骨。

ж

不知不覺，平城已入深冬。小金絲雀短暫回籠又再次出籠後，也已在外放飛了大半個月。

上次回籠時，她機智地帶走了護照。臨近年底，谷開陽事多，也沒工夫陪她，她閒得不行，便約上蔣純去海島度了一個禮拜的假。

她動態天天更新九宮格和短影片，熱辣比基尼賞心悅目，每每一發，都能收到成百上千條的按讚和留言，生生把動態玩出了粉絲團的架勢。

相比之下，蔣純發得還算收斂，因為她常看網路上有人吐槽：社群上某些人出去旅個遊，天天發自拍發影片瘋狂洗版，看了都煩。

可看到季明舒人氣爆棚的動態後，蔣純終於頓悟：大家煩的點不在洗版，而是在於洗版的人長得不夠美，身材不夠好。

另一邊，岑森一直在思考季明舒回家後為什麼會突然生氣二次出巢，但他始終沒有找到癥結所在，想找個機會和季明舒好好談談把問題徹底解決，但季明舒不配合，不接他電話不回他訊息。他公事繁忙，也有些分身乏術。

君逸集團旗下有上百家子公司，外加他自己的投資、岑遠朝掌管的岑氏總集團逐漸移權，他的二十四小時利用率都已精確到了分秒，專案資料活動應酬在腦中翻飛，就連周佳恆這萬事通都記不起，他還在節目贊助這事上狠狠地得罪過季明舒。

雖然季明舒不回覆，但岑森還是會三天兩頭傳訊息給她，都是些短平又不痛不癢的問候和報備。

岑森：【睡了嗎？】

岑森：【吃了嗎？】

岑森：【今天出差。】

岑森：【回平城了。】

看見季明舒發在動態的比基尼短影片和九宮格，他也只有四個字。

岑森：【暴露，少發。】

季明舒氣笑了，終於回了一個「大清已經亡了一百多年」的貼圖給他，但對其他訊息，依舊是採取「不接不回我沒看見」的三大無視戰略。

等她結束度假回到平城，已經是一月中旬的事了。

《設計家》節目的預告已經登陸星城衛視開始輪播，大概是為炒話題迎個開門紅，製片說，他們組的拍攝會安排在前兩集播放。畢竟現在裴西宴正當紅，顏月星她們團在鬧事，也有一定的話題度。

可越臨近節目播出，季明舒對岑森就越冷漠。

因為她真的真的，沒有在預告裡看到自己的正面鏡頭！臭豬頭！！！

✕

年末將近，谷開陽他們雜誌要舉辦一個媒體答謝沙龍，主題策劃是「減壓日」，意在一年到頭工作繁忙，年底放假不如輕鬆一下。

這個沙龍活動的室內設計請了季明舒做顧問，季明舒沒有跟進實景佈置，只在配色和空間佈局方面提供了一些意見，給他們作為參考。

《零度》的沙龍，季明舒自然會收到邀請，但她興致缺缺不想參加。準確來說，離家出走後的所有社交活動，她都沒想過要參加出席。

一則和李文音在酒會那次碰面一敗塗地給她留下了揮之不去的陰影，二則不想被人問及婚姻問題。

她和岑森的婚姻頗受關注，但現在也沒人能說清他倆到底是個什麼狀況。

要說前段時間岑森為她打人，她深夜暗暗秀電影票根都是真的。那之前岑森要投資初戀電影，季明舒為此離家至今未歸也是真得不能更真。而且李文音那電影最近已經在選角了，她還挺有本事，君逸宣佈撤資後，竟然又從原家旗下的影視公司拿到了大筆投資款，還請了拿過某電影節最佳導演的黃百力為她那小破電影做監製。

季明舒只要想起自己出現在活動現場，大家表面笑意盈盈，背地裡戳著她脊椎骨指指點點，就特別鬱悶，乾脆不參加，眼不見為淨。

可谷開陽這小機靈鬼，硬是從季明舒這一系列的煩惱糾結中窺伺到了送神良機。

當周佳恆百忙之中抽空來到雜誌社，請她幫忙轉交禮物的時候，她眼皮都沒掀就冷冷道：「周助理，你不累我都嫌累，你覺得這樣轉交禮物有意思嗎？你回去問問你們老闆到底有沒有誠意，到底還要不要老婆。」

周佳恆也是個機靈的，稍稍一頓便擺出虛心受教的模樣，說了一籮筐好聽的話，還承諾事成之後一定不會虧待她。

谷開陽低著頭瘋狂簽文件，強行繃住自己的高冷女強人人設，說話語速很快卻也句句清晰。

「不要在這裡奉承我，我不吃這一套，反正小舒受了這麼長時間委屈你也別指望我給你好臉色。你老闆財大氣粗投資節目眼都不眨，但小舒辛辛苦苦一個多月，他一句話就不給鏡頭也沒個解釋，你覺得妥當嗎？你老闆的爛桃花還漫天飛舞著，飛得我們家小舒連個沙龍活動都不敢參加生怕別人在背後指指點點，你覺得妥當嗎？你老闆戳人脊椎骨一時嘴賤一時爽，連句道歉都沒有，你覺得妥當嗎？」

周佳恆大氣都不敢出。

谷開陽也不抬眼，直接朝他扔了張沙龍活動的邀請函，「看著辦吧！」

第十四章

深冬的平城一日冷過一日，《零度》「減壓日」答謝沙龍舉辦當天，谷開陽早上五點便起了床。

她洗漱化妝都輕手輕腳，可季明舒睡得淺，還是被這細小動靜給弄醒了。

季明舒睡眼朦朧地裹緊小軟被坐在床上，眼巴巴目送谷開陽出門，眼裡滿是羨慕和留戀。

她季明舒是真的對聚會沙龍什麼的不感興趣嗎？不，不是！派對動物是永遠不會對社交活動感到厭倦的！

可比起縱橫社交場合的無限風光，她顯然更不想忍受旁人的探尋和嘲笑。

為自己傷感了三十秒，季明舒又勉強想出幾個宅在家裡的好處，躺會被窩再度入眠。

九點的時候，門口響起很輕微的門卡感應聲響，有人推門而入。

季明舒沒醒，無意識地翻了個身，唇色淺淡的小嘴咂巴咂巴，好像在做什麼紅燒排骨齊齊環繞的美夢。

公寓客廳局促，來人三兩步就已走到屋子中央，他抬頭望了眼二樓，從二樓的木質欄杆間隙，依稀看見了季明舒雙眼緊閉的睡顏。

他腳步輕輕，踏著木質樓梯緩緩往上。

季明舒睡得很熟，但也不算毫無危機感，在來人坐到床邊，想要伸手幫她撩碎髮的瞬間——就像武俠片裡反派想趁人熟睡捅刀子，但人總能在反派亮出刀子的一刹精準詐屍，她忽然睜眼。

映入眼簾的，是一張多日不見卻日思夜想的冷峻面容。

季明舒盯了三秒，伸手揉眼，不知咕噥了句什麼夢話，又翻身側向另一邊。

大概過了半分鐘，她忽然翻回來，眼睛眨也不眨盯著來人，還伸出手指戳了戳他的喉結。

岑森。

活的。

「你怎麼在這？」她仍平躺在床上，這時剛醒，聲音軟綿綿的，還有些沙啞。

岑森垂眼，看到她裸露在外的小臂，想起她一連傳了四五天的比基尼照，眸色暗了暗，

「《零度》今天有場活動，我來接你一起參加。」

季明舒還沒太反應過來，呆呆應了聲「噢」，手肘略略使力，想從床上坐起。

岑森適時伸手，幫她把枕頭豎起來。

她往後坐了坐，軟軟地靠在床頭，雙目無神望著岑森，整個人都不在狀態。

岑森本想幫她理理頭髮，可也不知道她晚上是怎麼睡的，頭髮亂糟糟地蓬了一腦袋，配上呆怔的表情，活脫脫就是個小瘋子。

她還渾然不覺，稍稍醒神後，很注意形象地示意岑森走開一點，「我還沒刷牙，你不要離我這麼近。」

岑森默了默，依言起身，仍是看著她。

其實他一直覺得，季明舒素顏比較好看。她五官線條流暢，皮膚滑嫩白皙，不化妝的時候清清淡淡，還有點難得的純真稚氣。

可季明舒見他一直盯著自己看，還以為自己睡相太差流了口水，下意識便摸向唇角。

岑森稍頓，終於挪開視線看了眼時間，「現在起床嗎，造型師已經在樓下了。」

造型師？

季明舒大腦重啟完畢，終於接上岑森先前發出的訊號——他是來接她去參加《零度》「減壓日」答謝沙龍的。

果然，人活久了什麼都能等到。

岑森是那種極度不喜無用社交的冷漠工作狂，記憶中他好像只在剛結婚那時候和她一起去參加過幾次活動，而且都是那種名流雲集必須帶正牌太太出席才像樣的菁英酒會。

《零度》這減壓答謝沙龍明顯就是休閒玩樂性質的，不用想也知道，到場的都是些閒得沒事幹的富家小姐、擺拍發通用稿或應邀站臺表演的明星，可能還有一些蹭活動的網紅。

所以他去幹嘛，他難道不會覺得自己這種開口就是幾個億的正統霸總根本就不適合出現在那麼年輕時髦的場合嗎？

見她沒出聲，岑森又問：「或者你還需要再睡一會？」

季明舒搖頭，順便把腦子裡剛剛想的那些偏離重點的事情全都甩了出去。

她幹嘛要去管岑森參不參加，現在她和岑森還處於單方面冷戰狀態呢，態度就不應該這麼親切友好！

她瞬間變了神色，抱著小被子冷冷睇他，「你還沒回答我你為什麼在這，是不是谷開陽給你門卡的，你和谷開陽串通好了是不是？無恥！」

大半個月沒見人，就傳幾則訊息報備敷衍，現在快過年得了空才串通她閨蜜過來示好，誰知道是不是為了把她哄回去好應付家裡人。虧他這一大早還裝得像沒事似的，以為誰都得了失憶症會順著他表演無事發生嗎？別說門了，連煙囪都沒有！

還有谷開陽這通敵叛國的塑膠小姐妹，算了，回頭再收拾。

就在季明舒好不容易擺足了氣勢準備好好迎戰的時候，岑森又沿著床邊坐了下來，腦袋微偏看她，毫無預兆地忽然道歉：「對不起，明舒。」

空氣一瞬靜默。

季明舒怔愣到忘記做表情，就那樣迎上他的目光。

他繼續道：「很多事情我沒有考慮到你的感受，你參加的節目、李文音的電影，還有吵架的時候出口傷人。我不能保證自己能很快地改變行事作風，但我可以保證，以後處理和你有關的事情，一定會優先考慮你的感受。」

他說話時很沉靜，也很認真。認真到季明舒保持怔愣的狀態好半晌沒有回神。她認識岑森近二十年，這好像是第一次從岑森口中聽到略帶幾分真誠的道歉。這道歉來得太過突然，她竟不知如何回答，只能揪住小被子，眼睛眨也不眨地看著他。

岑森忍不住伸手幫她理了下碎髮，身體也隨之傾了傾，距離在一瞬拉得很近，幾乎都可以感受到彼此的呼吸。

季明舒條件反射地耳根泛紅，心跳也不爭氣地加速。

岑森近距離打量著她，忽然在她唇上落下一吻。那吻淺嘗輒止不帶情欲，還有些難得的溫柔，連帶著他的聲音好像也變得低啞溫柔起來，「明舒，跟我回家吧。」

嗚嗚嗚這誰頂得住！！！

季明舒心裡已經瘋狂地冒起了粉色泡泡，乖巧蹲坐在粉色泡泡中央的小金絲雀也和小雀啄米似的瘋狂點頭。

可她的潛意識還是在不停暗示自己：穩住穩住不能崩，以後家庭地位的高低就在此一舉！

「都說了沒刷牙！」她裝模作樣地擦了擦嘴巴，眼睫低垂，又小聲碎碎念道：「你……你早有這個覺悟的話，那我也不是不講道理的人。」

岑森很有耐心地「嗯」了聲。

她心臟跳得很快，都快把被子那一塊地方給揪爛了，可還是控制不住地繼續揪，「那……既然你都這麼誠心誠意地道歉保證，我回去也不是不可以。但是你自己說的，你以後要對我好，對我不好讓我丟人的話，我就真的要……」離婚二字堵在喉間，她有點不想說，「反正你就等著瞧吧。」

岑森又「嗯」了聲，接著她的話頭說道：「你離開的這半個月，我讓人重新裝修了明水的衣帽間，在原有衣帽間裡加了樓梯和電梯通往三樓，樓上靠左的四間客房改成了你的新衣帽間，阿姨幫你按照季節重新整理過了，你喜歡的那幾個品牌也來家裡，按你的尺碼添滿了新款。我還讓周佳恆聯繫過高訂工坊，不過那幾家都說本人到場量身裁剪，效果會更好。」

季明舒：「……」

岑森沉吟片刻，又想起什麼，「我記得你之前說過家裡的遊艇有點小，我幫你訂了一艘阿茲慕六十，本來想定一百英尺的，但一百英尺進港有些麻煩，這艘應該夠你夏天出海聚會了。」

他是突然被點化了嗎？

季明舒處在「這臭男人竟然會主動投餵她了」的震驚之中，久久不能回神。

恰好這時，岑森的手機震了震。

是周佳恆傳來的訊息。

周佳恆和造型師都坐在樓下車裡乾等，沒接到通知不敢上樓，也不敢打電話怕打斷老闆好事。

可再不做造型，《零度》那邊的活動怕是趕不及了，再加上造型師在旁邊一直問，他只好傳了則訊息小心詢問。

岑森回了句「上來」，然後也不等季明舒回答，便掀開被子將她打橫抱起，徑直往樓下走。

季明舒不經思考便摟住他的脖子，下巴擱在他肩膀上。

他身上有一貫好聞的冷杉淺香，她貪心地多吸了兩口。可她不敢偷笑，更不敢在岑森面前暴露自己的小心思，總覺得……如果岑森知道她喜歡他的話，就不會對她這麼費心費力了。

想到這，她又板起聲音，在他耳邊暗暗豎好自己堅強獨立的人設，「別以為幾件衣服一艘遊艇就能打發我，我現在也是可以自己賺錢的，你以後不准看不起我。」

岑森：「嗯。」

也許是覺得自己一直這麼單調地應「嗯」會讓季明舒覺得敷衍，岑森醞釀片刻，又低著聲在她耳邊補了句：「為岑太太花錢是我的榮幸。」

岑太太！！！

季明舒忍了半天還是沒忍住，藏在他背後偷偷彎起了唇角。

《零度》這場活動偏輕鬆休閒，造型師只為季明舒做了個慵懶自然的心機捲髮，妝容也上得比較清淡。

服裝方面，季明舒自己選了條煙粉色的無袖抹胸連身褲裙，質感垂順，能把她流暢的肩背線條展現得很好，也能將她的身材比例襯托得十分優越。

選唇色時，季明舒拿出最近買的一大盒化妝品和造型師探討。

兩人意見略有分歧，季明舒有點猶豫，於是捧著盒子問起了岑森，「你覺得我塗哪個顏色比較好？」

岑森本來想說「都好」，可對上季明舒期待的眼神，他又面不改色垂眸，在盒子裡認真挑了會兒。最後他拿起一管玫瑰色唇彩，從色調質感與場合搭配展開，進行了集團月度總結般的深度分析。

季明舒和造型師聽得一愣一愣的。

等他說完，季明舒遲疑地從他手中接過唇彩，轉開看了眼，忽然陷入靜默。

「……」

「那個，你分析得挺好，只不過這是一支液體腮紅。」

氣氛一度十分尷尬。

好在造型師很會說話，忙調侃說直男都是這樣分不清楚化妝品的，雖然是腮紅，但能選出這麼好看的顏色已經很不容易了。

季明舒也沒辜負岑森那一番深入淺出的認真分析，順著造型師的話頭選了支同色的霧面口紅。

最後的上唇效果的確不錯，很提氣色，也很適合今天的妝容打扮。

可這般磨磨蹭蹭來回糾結，兩人到達活動現場時，已經成功錯開《零度》主編枚姐的過期雞湯發言。

季明舒挽著岑森往裡走，狀似不經意般問了句：「你覺得今天現場怎麼樣？」

「很有創意。」岑森點頭，似乎是頗為認可。

她忍不住小聲炫耀道：「我是這次活動的室設顧問，配色和佈局都是我做的。」

「是嗎。」岑森看了她一眼，再一次給予肯定，「你最近的幾次作品，都很有靈氣。」

季明舒的唇角又往上牽了牽。

岑森這臭男人還蠻奇怪的，有時候直男得像是骨子打了一排鋼釘，有時候又特別會！誇一位設計師有靈氣，無疑是對她的最高讚美嘛。

她心情很好，一路往裡參觀，不自覺地就與岑森走得更近了些。

岑森也不動聲色地由挽手改為牽手，還和她說起自己以前在國外念大學時參加過的類似活動。

岑森雖然念的是管理，但並不代表他不懂得欣賞藝術。

其實從走進現場的那一刻開始，他就認出了季明舒的設計風格。

誇讚也不是違心討好，比起她之前做慈善晚宴時的不用心，最近幾次設計相對而言都比較完整成熟，她也給出了一些很有個人特色的小亮點。而且她的設計風格和她本人高度貼合，不管是做家裝、秀場，還是沙龍這種展覽式的創意設計，她都有自己從一而終堅持的精緻，非常好認。

從旁人的角度看過去，兩人牽著手有說有笑，樣子十分親密。有人在不遠處注意到季明舒，很快便三兩成團小聲議論道：「欸，季明舒來了。」

「哪裡？」女生順著話音望過去，略感意外，「還真的……她都多久沒出來了，上次克里斯．周的秀我都不知道她坐哪裡，後來聚餐也沒見她參加，我還以為年前她都不會露面了呢。」

另外一個女生接著話頭好奇問道：「她旁邊那男的是誰，好帥啊，以前都沒見過。他們這麼親密，新歡嗎。」

蔣純剛好端著小蛋糕路過，聽到她們小聲議論，終於能揚眉吐氣地微笑著，用一種「你們真沒見識」的鄙夷語氣解答道：「你們不是天天議論季明舒和她老公會不會真離婚、季明舒沒她老公就什麼也不是了嗎？怎麼連她老公都不認識？」

……？

這就是季明舒老公？

岑氏未來接班人？

她老公這麼年輕還長這麼帥？

季明舒可是連頓老公做的排骨和老公陪著看的電影都要曬出來發動態的人，這種顏值怎麼從來不曬？實在是太不真實了！

幾人紛紛陷入漫長沉默和震驚猶疑。

其實也真不能怪她們沒見識，她們本來就只是遊走於平城交際圈的邊緣。而岑森這種年輕一輩裡食物鏈頂端的菁英實幹派又和那些游手好閒天天在外鬼混的敗家子有本質區別，露面次數極少，本就沒怎麼給人認識他的機會。

而且像岑森這種從小走菁英路線的類型，玩咖們本應連名字都記不住，可偏偏他有季明舒這麼一位走哪都是焦點的太太，所以才造成了這種——岑氏集團的發展動向大家都很關心，岑森的大名吃瓜群眾也如雷貫耳，但就是無法將其與本尊對號入座的尷尬局面。

當然也有不少人認識他，外面也有關於他長相個性的傳聞，但無圖無真相的，誰知道是不是季明舒在外頭吹牛。

在她們沉默驚訝懵三回的時候，蔣純已經暗爽完，端著小蛋糕洋洋得意地去擺拍了。

——季明舒好不容易和她老公一起出來參加活動，她才不會那麼不識相地湊上去當電燈泡！

蔣純識相，但季明舒往日的塑膠小姐妹們就不是那麼識相了。

季明舒的塑膠小姐妹裡，認識岑森的比不認識岑森的稍微多一點。見他倆一起出席雜誌沙龍這種休閒活動，原本因為季明舒遲遲沒有歸家所產生的疑惑通通打消，小姐妹們又紛紛湊上去和季明舒聊天。

岑森本來還在和季明舒一起玩籤筒，可一陣香風毫無預兆地包圍式襲來，耳畔隨之響起溫言軟語極盡優雅的各式誇讚。

他站在季明舒身側，太陽穴有些突突起跳。面對時不時要拋到他這裡的話頭，他只能可有可無地點點頭或簡單地應一聲「嗯」，還要注意和這些季明舒「交好」的小姐妹們保持一個禮貌疏離的安全距離。

偏偏季明舒習慣性地周旋其中遊刃有餘，岑森站在旁邊，被她襯得像是一尊沉默的吉祥物。

大概過了有五分鐘，季明舒才察覺出岑森待在這到底有多格格不入，她打發岑森去幫自己拿蛋糕，心裡想著再聊兩分鐘就撤。

可岑森前腳離開，後腳就不知是誰夾在香風中怯怯地提了句：「小舒，今天那個李文音，好像也來了。」

原本熱烈的氣氛瞬間僵冷下來。

李文音來了？

可真夠陰魂不散。

很快有人回神，站在季明舒這邊幫忙說話，「她來就來吧，最近她是不是搭上了原家那個病歪歪的，還哄得人家幫她投資電影，也不知道拍那種鬼東西想噁心誰。」

「她就是嫉妒明舒啊，這誰看不出來，念書那時候就是，現在滿口電影藝術，骨子裡那種小家子氣真的改不了。」

有個女生是季明舒以前的同學，李文音以前和季明舒作對的那些事她也瞭解一點，確實也很看不上李文音的作風。

眾人都順著話頭跟著附和。

季明舒卻忽然沒了心思和她們繼續往下聊。

不知道為什麼，她總有一種上次酒會場景重現的錯覺——同樣的輕鬆休閒主題，大家也同樣地站在她這一邊幫她討伐李文音，可偏偏到最後，她在李文音面前輸得很難看，很難看。

她望著岑森離開的方向，愣怔了會兒，又一言不發地抬步跟了上去。

被她丟在身後的一群人你看看我我看看你，也心照不宣地遠遠跟在後面。

大家心思各異，有的想看李文音笑話，有的想看季明舒笑話，還有的純粹就是湊個熱鬧。

還真不巧，季明舒跟過去時，岑森和李文音正好打上照面。

李文音剛從侍應的託盤中取了杯紅酒，回頭看到岑森往甜品區走，略感意外。

下一秒，她眼角餘光瞥見不遠處的季明舒，以及和季明舒相隔數公尺跟上來的那群無聊千金，捏著紅酒杯的那隻手不自覺地緊了緊。

她很難去形容這一刻自己到底是一種什麼樣的心情，明知岑森這是陪季明舒出席，明知岑森上次已經把話說得清清楚楚，可就是有點不甘心。

這麼多年過去了，岑森有無數種理由不再與她繼續前緣，她能理解。但他怎麼可以和季明舒這種沒有思想、趣味低級、還把沒腦子當率真的女人綁在一起過一輩子？

他根本就不可能喜歡季明舒的，因為季明舒根本就不配。

這種感覺太過強烈，促使著她很想做點什麼，哪怕是使一些非常低級、平日不屑的手段，只要能讓季明舒明白，她和岑森根本就不應該強行捆綁在一起就好。

她忽然叫住侍應，從托盤裡又取了杯酒，而後款款走向岑森，將酒杯稍往前遞，聲音也是一如既往地溫柔得體，「阿森，又有很久沒見面了，沒想到能在這種場合見到你。」

季明舒站在五公尺外，手上捏著小小的鑲鑽手拿包，指甲被鑽石磕到發白都沒有任何反應。

她大腦一片空白，心裡好像只有一個念頭在支撐著：拜託你不要接，就算是禮貌性的，能不能這一次不要那麼禮貌。她這輩子都不想再看到自己最喜歡的人和自己最討厭的人站在一起相談甚歡的樣子了。

明明她才是岑太太，明明她面對別人時很有底氣，可她面對李文音時就是不行，岑森沒有當著李文音表過態，她這輩子好像就沒有辦法站在李文音面前理直氣壯說一句：「請你離我的丈夫遠一點。」

其實距離岑森給出反應不過十來秒，可季明舒卻覺得這十來秒像是播了一部紀錄片那麼漫長——

她看到岑森垂眸看了眼那杯紅酒，又緩緩抬眼，看向李文音。

他的眼神應該是沒有太多溫度的，因為他下一秒便視人如無物般，從甜品臺上拿了塊蛋糕，徑直轉身。

而後與她的視線半空相接。

未經細緻拆解的動作時間短促，以至於季明舒和他對視時還能看到他眼底的漠然。

不知怎地，季明舒忽然就有了勇氣上前，從他手中接過那塊蛋糕，很輕地說了聲「謝謝」。

沒等岑森問她謝什麼，她又越過岑森，接過李文音手上那杯紅酒，沒有半瞬遲疑地往下倒。

這種場合提供的紅酒品質不會太好，懂酒的看眼顏色聞聞氣味便心裡有數，只不過這酒落在地上淅淅瀝瀝，聲音倒是分外響亮。

季明舒沒有去管褲裙上被濺濕的星點污漬，終於理智氣壯說出了那句在她腦海中縈繞過無數遍的——

「李小姐，請你離我的丈夫遠一點。」

這麼多年，季明舒對李文音的厭惡早已深入骨髓，區區一杯紅酒顯然不夠使其煙消雲散。

其實她越過岑森的那一剎那，心裡想的是將紅酒直直往李文音臉上潑，或者是將酒從李文音的頭頂倒下來。

可她的教養不允許，她也不想給負責這場活動的谷開陽添麻煩，更不想讓岑森看到自己做壞女人時醜陋的模樣。

紅酒倒在地上似有餘響。

場面有那麼幾秒，陷入了一種仿若靜止的沉默。

可李文音也不是什麼被欺負了只會裝模作樣「嚶嚶嚶」的傻白甜，季明舒這杯酒就像清明祭死人似的當著她面往下倒，邊倒還邊叫她離自己的老公遠一點，如果她毫無反應，那今天還沒走出這扇門，就得被人扣上不知廉恥勾引別人老公的帽子。

她臉色變了變，但很快就穩住心神，並想出了強有力的反擊策略。

——直接朝季明舒潑酒。

她沒什麼教養允不允許的心理負擔，只覺得季明舒挑釁在先，她如何反擊都不為過。而且季明舒刁蠻任性眾人皆知，不管怎麼說、和誰說，她都有理。

就和學生時代一樣，不管事情真相如何，季明舒都不可能從她手裡討到半分好處。

想到這，她眼底甚至閃過了一瞬不易察覺的輕蔑。

可就在她準備潑酒的瞬間，岑森忽然轉身，目光筆直冷淡地看向她。

李文音一怔，手中酒杯卻已無法收回。

岑森沒有多加思考，一隻手拉住季明舒細白的手腕，將人輕輕往身後帶。另一隻手穩而準地擰住李文音腕骨，往裡折，硬生生地在最後一瞬，讓酒杯變換了傾斜方向。

紫調的紅色液體順著李文音的手臂往上回流，杏色A字裙很快被染上酒漬，那酒漬還順著她的手臂、衣擺，滴滴答答砸在地上。

李文音抿著唇，面色發白。

一則岑森是真的沒有在憐香惜玉，毫不留情地折她腕骨，她很疼。

二則她也是真的無法相信岑森如此不念舊情，為了季明舒這麼一個女人跟她動手。

岑森對上她的視線，聲音冷淡，連基本的禮貌都不帶，就是單純地耐心耗盡，在給她下最後通牒：「李文音，適可而止。」

那一瞬間，李文音忽然覺得眼前男人很陌生，和十年前那個清雋溫和的男生已經完全不一樣了。

她輕輕搖頭，自言自語地喃喃，似乎很難接受現實，「阿森，你怎麼會變成這樣。」

其實真正瞭解岑森的人就會知道，他一直都是這樣，清雋溫和只是他在沒有攻擊性時遠遠可觀的一層外表。

而李文音，不過是陷在自己不斷美化的回憶裡，陷在自己帶有濾鏡的幻想裡不可自拔。

她甚至早就忘了，即便是十年前那個看起來清雋溫和的男生，在接受她的追求後也沒有給過她多少溫柔憐惜，除了一個男女朋友的名份，他們之間並不存在什麼十數年不可忘懷的情分。

她所懷念所喜歡的，也許從來不是岑森，而是和岑森交往後所獲得的來自同齡人的嫉妒、豔羨，是那些因岑森而帶來的物質優越，還有成為人群焦點，頭頂學神女友光環的存在感。

她這一生，好像再也沒有過那般風光的時刻。

《零度》控場的公關注意到他們這邊的突發狀況，正想上前調解處理，還呼叫對講機召來了幾個保全，以防有人刻意鬧事好轟人離場。

可她剛邁步，就忽然被人拉住，「別管。」

回頭一看，竟是活動開始後就神出鬼沒的谷開陽。

「副主編，那邊……」

谷開陽順著她的話音望向了過去，眼睛一眨不眨，唇角還稍稍往上翹了翹，又再次強調道：「我說了，別管，我來負責。」

她們家寶寶這口氣都憋多少年了，好不容易等到岑森出頭，怎麼能夠輕易打斷。

公關顯然有些不能理解，但谷開陽都這麼吩咐了，她也只能揮散保全，當睜眼瞎子。

這事發生在甜品臺前，蔣純剛好就在附近。

被季明舒和岑森這夫妻混合雙打的動靜吸引，她從懶人沙發裡坐了起來，一下子目瞪鵝呆到蛋糕都忘了吃，只不自覺地揮舞著小叉子在心底默念：削她削她繼續削她啊！讓我們小金絲雀寶寶受足了委屈的李小蓮必須原地去世當場灰飛煙滅！！！

只不過小土鵝的願望註定落空。

李文音縱然有萬般不是，也都是岑森正經交往過的前女友。當眾對前女友大打出手還言語羞辱，正常男人都幹不出這事，何況岑森。

其實岑森能出手阻止外加毫不留情警告，已經讓季明舒倍感意外了。

她原以為岑森拉她是要幫她擋了那杯酒。他那麼理智的一個人，怎麼會……

她站在岑森身後，過了很久很久才反應過來——她無數次想像過的，岑森為了維護她和李文音站到對立面的事情，真的發生了。

她扒拉著岑森的袖子偷偷看了眼李文音，沒想到正好對上李文音難得不加掩飾的厭恨眼神。

嗯，莫名的，就很爽。

她一下子也忘了場合，假假地衝李文音溫柔一笑，還聳聳肩，眼裡滿滿都是「不好意思哦，我老公要護短我可真是攔不住」的無可奈何。

下一秒，岑森回頭，她又瞬間變臉裝傻白甜，怯怯地拉了拉他的袖子，一副不想與這女人多加計較的良善模樣。

不知道岑森是不在乎她做何表現還是沒有看穿真的很吃這套，竟然主動牽住她，還揉了揉她的腦袋，以示安慰。

看好戲的塑膠小姐妹們都不是傻子，那眼力厲害得不要不要的，先前她們站在後頭圍觀都安靜如雞，這時預感到了收尾時刻，一個趕一個地上前唱大戲，一邊安慰季明舒，一邊還不忘明裡暗裡地諷刺李文音。

「親愛的，你就是太善良了，怎麼有這樣的人呀，欺負到你頭上來了你還不計較，我都快氣死了！」

「小舒本來就心地好嘛，你難道今天才認識小舒？欸對了，我突然想起我朋友說，她最怕得罪寫書畫畫還有拍電影的，惹他們一個不痛快，誰知道要在他們所謂的作品裡被醜化成什麼樣子，現在這年頭打著文藝創作旗號洩私憤的可真是越來越多了。」

「我看這年頭最可怕的還不是打著文藝創作旗號洩私憤的，而是打著文藝創作旗號做白日夢的，真是沒見過幻想有老婆的男人結婚後還對自己念念不忘一往情深的。」

「你這不就見到了嘛。」

好幾個小姐妹都沒忍住，咯咯笑了起來。

笑完又有人說：「親愛的，以後這種活動我們還是不要來參加了，什麼人都能蹭到邀請函。」

「沒有邀請函也能蹭著有邀請函的一起進來，這誰攔得住。」

大家相視一笑，默契地看了眼李文音，眼神都是如出一轍的不屑。

季明舒平時被誇不覺得，這時跟岑森站一塊兒還被這麼誇，實在是有點心虛。而且這群塑膠小姐妹的嘲諷和眼神真是太到位了，一個個的都是影后等級，她都有點不好意思回頭看李文音的表情。

但就……真的很爽！

季明舒爽得有點暈頭轉向，又怕過了頭會引起岑森對她反感對李文音憐惜，於是匆匆應承了幾個邀請她出席的私人聚會，便抱歉地說要先走一步。

她邊說還邊掃了一圈，找了找谷開陽和蔣純，谷開陽大概是早上出賣了她太過心虛，這時還沒見人影，蔣純倒是一眼就能瞄到。

她悄悄朝蔣純比了通電話聯繫的手勢，而後拉上岑森，在一眾塑膠姐妹的簇擁下，先行一步離開了這場被攪得烏煙瘴氣的活動。

✕

「那個，你會不會覺得我對李文音有點過分？」

冬日雪紛紛，回家路上，季明舒忍不住問了岑森這麼一個問題。

「不會。」岑森在看平板上的行程，回答得不假思索。

季明舒稍稍安心，偷瞄岑森幾眼，又挽了挽耳邊碎髮，作出一副漫不經心的樣子，邊玩手機邊問：「李文音說，你和以前完全不一樣，可我怎麼覺得你和以前一樣……你和李文音談戀愛的時候，難道有比較溫柔嗎？」

半晌沒等到岑森回答，她又兀自碎碎念道：「反正到時候電影上映我就知道了。」

岑森蓋住平板，輕描淡寫道：「誰知道會不會順利上映。」

……？

季明舒本想問點什麼，可轉瞬一想，又釋然了。

現在電影市場的確不好，一部電影從初見雛形到正式上映，中間流程繁複，等待時間漫長。因為資金問題、演員問題等等中途流產的現象實在是多不勝數，八字的一撇還沒寫完，確實也不知道會不會順利上映，她也沒必要過早給自己心煩。

×

賓利一路從活動現場開往明水公館，在即將駛入城郊的分岔路口，岑森看向不遠處的生鮮超市招牌，忽然問了句：「明舒，今天想不想吃紅燒排骨？」

「……」

季明舒現在聽到「排骨」兩個字，就有點條件反射地臉紅心跳。她仍是看著窗外，等到紅綠燈快要變換才結結巴巴應了聲，「也……也可以，好久沒吃了。」

司機會意，轉彎開向超市。

季明舒應完聲，還像十幾歲的純情少女似的臉紅到了脖頸，心跳也特別特別快，不得已，她只好打開一絲窗縫透氣。

平城冬日的雪總是下得厚而凜冽。

冷風裏挾著雪花順著窗縫飄進來，落在季明舒髮梢，岑森忽然傾身覆過來，幫她拿掉髮上雪花，又附在她耳後，啞聲說：「回家我幫你做。」

✕

季明舒的衣服被紅酒弄髒了邊角，岑森去買排骨時便沒有跟著下車，可她腦海中盤旋著岑森剛說的那句「回家我幫你做」，實在是有點忍不住想要偷笑。

可能是不想讓季明舒久等，岑森很快便買了東西回來。司機開車，平穩駛回明水公館。

傍晚時分，雪已停落，天空是一片將沉未沉的青灰色，光線黯淡。湖心島上樹木綠植都銀裝素裹，路燈一路蜿蜒，光暈溫柔。

季明舒忽然發現，這竟是她第一次看到下雪的明水公館。

回到家，岑森提著超市購物袋往廚房中島臺走。

季明舒看了眼身上的紅酒酒漬，和他招呼了聲，便匆匆上樓洗澡。

洗澡之前，季明舒站在放置睡衣的衣櫃前糾結了足足五分鐘。

她時不時挑揀一件往自己身上比劃，可怎麼都不滿意。鵝黃太幼稚，酒紅太性感，遮手遮腳的整套睡衣太保守，帶蕾絲花邊的小裙子好像又有種送上門的迫不及待，一點也不矜持。

想了想，她挑出幾件拍照，傳到群組裡讓蔣純和谷開陽幫她參謀。

谷開陽仍然處於躺屍狀態，蔣純倒第一時間給出了自己的回覆。

蔣純：【綠色那件不錯，不過你問這個幹嘛，你要開睡衣趴嗎？什麼時候？我也想去！】

季明舒直接無視了她的後半句，【哪有什麼綠色？】

蔣純：【第二張不是綠色？】

季明舒：【……明明是霧霾藍，你色盲吧。】

季明舒：【算了，我真是瘋了才會問你意見。】

蔣純：【？】

蔣純：【弱小，可憐，又無助。】

兩人慣常歪樓拌嘴，拌著拌著，蔣純忽然發現有點不對勁——季明舒圖中的背景那麼明亮寬敞，明顯已經不是谷開陽的小鴿子窩了！

蔣純：【欸，你不在咕咕家了？】

蔣純：【你是不是回明水了？】

蔣純：【？？？說話！別裝啞巴！】

蔣純問了好幾句，可季明舒要嘛不吭聲，要嘛甩幾張無關緊要的貼圖，故意不想正面回答滿足她的好奇心。

谷開陽一直在默默潛水，這時終於忍不住，冒了個泡：【穿什麼還不都一樣，反正都是要脫的。】

聊天群組猝不及防陷入靜默。

三十秒後，蔣純開始洗版。

蔣純：【嗚嗚嗚我只是一隻單純的小萌鵝。】

蔣純：【我做錯了什麼要被你們汙染純潔的心靈！】

蔣純：【我懷疑你們在搞黃色並且已經有了證據！】

……

沒人理她。

谷開陽一語道破天機後便將手機調成了靜音模式，並關掉群組訊息通知。

季明舒則是動作迅速地扔下手機，做賊心虛捧著紅雞蛋般的小臉想要降溫。

好奇怪，谷開陽那麼一說，她心裡的小鹿就像瞎了眼似的三百六十度瘋狂亂撞，她也實在不好意思再挑什麼睡衣，匆匆取了一件便竄進浴室。

其實谷開陽說的好像也沒錯……

沒錯什麼沒錯！想什麼呢！

她重重地拍了拍自己臉蛋。

都怪谷開陽！罪惡！無恥！

季明舒：【谷開陽，你死定了。】

✕

一小時後，浴室水汽氤氳。季明舒洗完澡，坐在浴缸附近的軟椅上，仔仔細細擦身體乳，這身體乳有很清淡的山茶花味道，她幫頭髮也抹了同款香味的精油，吹乾後稍稍鬆散開來，長而微捲的黑髮顯得蓬鬆柔軟，又慵懶自然。

整理完後，她站在全身鏡前轉了個圈圈，隨即點點頭，給了自己一個肯定的眼神。末了還不忘為自己塗上一層水果味道的唇膏。

她下樓時，岑森的飯菜也已經做到了收尾階段。

紅燒排骨顏色紅亮，珍珠肉丸瑩潤可愛，白灼生菜青翠欲滴，香氣誘人陣陣撲鼻。

她的手背在身後，在餐桌前逡巡了圈，又小碎步走至中島臺探頭探腦，問了句：「還有菜嗎？」

岑森邊擦刀刃邊說：「還有一個番茄蛋花湯，已經做好了，可以上桌了。」

「那我幫你端吧。」季明舒主動請纓。

她在谷開陽家待了這麼長時間，也是學著做了一點點事情的，起碼現在敲碗等吃她會覺得有點不好意思。

岑森將刀具插回原處，聲音溫淡，「不用，我來。」

「喔。」季明舒乖巧點頭，然後又乖巧地綴在岑森身後，小尾巴似的一路跟至餐桌。

其實季明舒是個閒不住的人，吃飯也愛熱鬧，偏偏岑森吃飯規矩，不愛講話，兩人只能坐在餐桌的直角兩側安靜進食，連咀嚼聲都很輕微。

可你永遠都不知道一個女孩子表面安靜時腦子裡到底在想些什麼亂七八糟的東西，比如季明舒，這時她優雅地啃著小排骨，心裡卻止不住地在幻想飯後可能會發生的事情。

她想著想著，放在桌下的腳也不自覺地晃蕩了兩下，偏巧正好碰到了岑森的腿。

她一頓，咬著筷子尖尖看向岑森。

岑森也對上她的視線，神色平靜。好半晌，他忽然說了句：「先吃飯。」

……？

季明舒本來還繃得好好的，岑森這麼一說，她的臉頰脖頸都迅速升溫。不是，他什麼意思？什麼叫先吃飯？她難道看起來很欲求不滿嗎？

季明舒張了張嘴想要解釋，可實在不知道從哪開始，而且這個人自己幹了心虛的事就沒法理直氣壯，她有點羞憤，只能以臉埋碗匆匆扒完了白飯。

其實說到底也是岑森這人不對。

在車上說要幫她做小排骨，給了她浮想聯翩的空間，回到家又畫風突變成了坐懷不亂柳下惠，而且他吃完飯之後竟然還有心思收拾碗筷，收拾完碗筷竟然還有心思開視訊會議！

季明舒蹲在影廳沙發裡等了半天，感覺自己的心都等老了，什麼旖旎的心思也都隨著時間流逝和岑森的毫無表示煙消雲散，隨之慢慢增長的是氣憤。

她越想越氣，忽然從沙發上站起來，光著腳就徑直跑進了書房。

書房裡，岑森戴著藍牙耳機正在做最後的會議總結，忽然門被推開，他略略抬眼，就聽季明舒生氣地說了句：「我要睡覺了！」

——而後噔噔噔地扭頭離開。

岑森淺淡地牽了下唇角，又垂眸，對著電腦螢幕繼續總結，只不過語速略略加快，「李經理剛剛的匯報裡也說了，這一塊業務投資報酬率太低，空間壓縮只是早晚問題……」

與會人員都不約而同地產生了一種——嗯？剛剛幻聽了嗎？不可能啊怎麼會在總裁那邊突然幻聽到女聲呢，真的好奇怪啊——的迷思。

未待這種迷思有所結果，岑森的發言就已進入尾聲，「那今天就這樣，大家辛苦了。」

緊接著螢幕一黑，視訊會議宣告結束。

岑森摘下耳機起身，左右鬆鬆脖頸。

走至臥室門口時，他發現季明舒很記仇地鎖上了房門，不知想到什麼，他又牽了下唇角。

✕

季明舒回臥室後就抱住枕頭盤坐在床上，等待門口動靜。等了三分鐘，門口終於傳來輕微聲響。

嗯，還不算太晚。

她豎著耳朵繼續聽，可十秒過去，二十秒過去，三十秒過去……她也開始懷疑自己剛剛幻聽了。

不合理啊。

怎麼就沒聲音了。

她憋了會還是沒忍住，搬開堵在門口的椅子，又悄悄地將房門打開一條縫。

那條縫越開越大，到最後她整個腦袋都探出去了，外面也是一片空蕩不見人影。

啊啊啊！岑森這臭男人就是個不折不扣的大豬頭！剛剛要嘛就是她幻聽了要嘛就是這大豬頭發現房門打不開就直接放棄了！不管是哪種岑氏森森都必須死！！！

季明舒太生氣了，明明是兩個人吃的小排骨，為什麼心心念念的只有她！她「砰」的一下甩關房門，心裡還瘋狂放著狠話：既然你對小排骨如此不放在心上！那你就永遠都不要吃了！！！

可就在她甩關房門回頭的那一剎那，她忽然撞進一個清冷的懷抱。

她腦袋一片空白，心臟差點被嚇到頓停。

緩過勁後她還有點懵，話都說不清楚，「你……你怎麼進來的你，我快嚇死了，你……」

她不經意瞥見身後衣帽間洞開的大門，忽然頓悟，他難道是早就料到有今天所以才幫她往上一樓擴大衣帽間嗎。

岑森在這事上從不多話，季明舒還叨叨著停不下來，他卻已經將懷中人按至牆邊，一手撐在她耳側，一手摟住她的腰，邊曖昧地摩挲，邊按著往自己身上貼。

季明舒就是「思想的巨人行動的矮子」之典範，三兩下便被岑森掌控局面，整個人軟趴趴依附在他身上，不知肩帶何時滑落，也不知腳邊何時多了一團絲綢睡裙。

很快，寬敞的臥室裡便傳出壓抑的低吟。燈光明晃晃的，季明舒一開始摸索著想要關，可沒關上就算了，還把其他幾盞原本沒開的燈都按亮了。

岑森也不再給她關燈的機會，托著她換了個位置。

其實他本就不愛關燈，他喜歡看見季明舒無力承受的樣子，喜歡看她白皙滑嫩的肌膚上冒出晶瑩汗珠，喜歡看她被輕輕一揉便泛紅的柔軟。

冷漠的男人動情的時候好像會格外性感。

季明舒躺在岑森身下，一開始還不好意思在這麼亮的燈光下看他，只閉著眼攀住他的肩，如浪潮般起伏，隱忍低吟。可後來卻捨不得閉眼，因為岑森每一次眼底泛紅的撞擊，都會讓她真切感受到，這一刻，他在為她著迷。

岑森這次吃素的時間有點長，雖比不上去澳洲的那兩年，但也不知為何，忍耐力隨著年歲增長還在逐漸降低。季明舒有幻想過岑森會要得比較多，但沒想過岑森根本就沒怎麼給她睡覺的機會。

深夜的時候，明水湖又開始下雪，這場雪下得似乎比白日還要厚重，落雪的撲簌聲與浴室水聲混在一起，一時竟有些分辨不清。

季明舒悶悶地坐在浴池裡背對著岑森，還在不停催促他去刷牙，催完她用手搧了搧風，還用雙手捂了臉，非常恨自己小時候沒有好好學水下憋氣的功夫。

岑森倚在洗漱臺邊，隨意穿上的白襯衫衣領凌亂，釦子也扣錯了位置。他垂眸看向季明舒的方向，無聲輕笑，眼神也意味不明地暗了暗，拇指指腹從下唇緩緩擦過，似是意猶未盡般，食指指腹又從另一邊擦了回來。

✕

明水湖的雪下了整整一夜，早上七八點的時候，落雪的撲簌聲響還有一陣變得急促非常，島上常綠樹木都被厚重積雪壓彎了枝椏。

外面天光仍是偏暗的灰白色，但積雪反光有些刺眼。岑森按著遙控器收攏窗簾，又忽然想起要幫昏睡中的季明舒敷藥。

敷藥這項業務他還是第一次接觸，手法略重，不甚熟練，睡夢中的季明舒皺了皺眉，還無意識地踹了他一腳。

他偏頭躲開，沒計較，只稍稍用力壓住季明舒的腳踝。敷完藥後他看了眼時間，解著衣釦起身，往浴室走。

離過年不足一月，君逸的年終工作已經進入收尾階段，員工們大多都可以鬆口氣摸摸魚，等著休假回家過年。但岑森身為集團總裁，是沒有什麼所謂假期的。非要忙的話，也能做到真正意義上的三百六十五天全年無休，就像他在澳洲那兩年一樣。

只不過今年他一反常態，一月中旬至年初八這段時間，他沒讓周佳恆安排任何需要出差的行程。年前工作安排也較為簡單，只需去公司處理日常事務，再零星參加幾次應酬。

浴室水聲淅瀝，季明舒昏昏沉沉，還以為外面下雨。她翻了個身，原本痠疼的地方莫名傳來一陣涼，她瑟縮了一下，意識在嘈嘈切切最後戛然而止的「雨聲」中逐漸回籠。

等她費力睜開雙眼，又正好看見岑森走出浴室。他微微抬起下頜，扣領口的第一顆釦子。

幾乎是未經思考的，她立馬閉上了眼睛，還裹緊小被子瑟瑟發抖。

太可怕了，岑森實在是太可怕了。季明舒現在覺得昨夜之前的自己簡直對岑森一無所知！

禁欲、性冷淡、不存在的。

現在她整個人都處在一種此生再也不會肖想紅燒小排骨的生無可戀狀態。後悔，現在就是非常後悔。

她正胡思亂想，忽而有清冷的吻落在額間，她神經緊繃，不敢睜眼。

岑森也沒逼她，只聲音低低地交代道：「我去公司了，你身體不舒服，今天先別出門。中午你想吃什麼讓阿姨幫你做，晚上我回來幫你做。」

季明舒閉著眼不停搖頭，下半張臉沒出息地縮在被子裡，聲音悶悶的，「我不要你做。」

他明白過來，有點想笑。

「好了吃什麼我自己會解決，你快走快走！」季明舒開始趕人，腦袋又往被子裡縮了縮。

岑森也沒再多說什麼，幫她把碎髮挽至耳後，便起身離開。

帶關房門時，他的目光仍落在床邊那一團蜷縮的蝦米上，眼裡有自己都未察覺的柔和。

×

「五十五、五十六、五十七、五十八……」周佳恆看著手錶秒針規律挪移，強迫症使他在計數湊滿一分鐘時才倏然停止。

一小時五十三分，今天老闆比平時晚了一小時五十三分才出門。

他看見不遠處岑森邊按指骨邊微微鬆動肩頸，不知想到什麼，心念微動。

岑森越走越近，他迅速下車，恭敬地打開後座車門，還伸手為岑森擋了擋車頂，順便招呼道：「老闆，早。」

「早。」

岑森是那種喜怒不形於色的上位者，但周佳恆在他身邊跟了數年，總歸比旁人對他多些瞭解。

一年三百六十五天，三百六十天的岑森都很冷血無情，可今天他氣場溫和狀態放鬆，還回了他一句「早」，明顯就是心情很好。遇上這種日子，可真是比突然被通知升職加薪還要難得。

周佳恆機警，在車上匯報完工作，又鋪陳了一長串員工的過年福利安排，而後不露痕跡地提了嘴自己被扣掉的年終獎金。

果不其然，岑森眼都沒抬便應聲說：「年終照發，你還有什麼事，一起說了。」

周佳恆有點不好意思，「果然什麼事都瞞不過老闆您。」

他搓了搓手，斟酌道：「我這裡還真有件事想跟您說一下，就澳洲那邊市場部的楊樹……楊副經理……您也知道我和楊樹是大學同學，以前住一個寢室，關係比較好。雖然他做事有點少一根筋，但能力還是有目共睹的。他以前也從來不和我開口，這回他第一次跟我開口，我實在是……」

岑森揉了下眉骨。

周佳恆趕忙進入正題，「他也在澳洲待好幾年了，一直想要回來，前段時間本來有機會調回來的，但人事那邊出了點岔子，最後沒有調他。其實我認為澳洲那邊的市場環境很適合他發展，人事這樣安排也很有道理，但他這再不回來女朋友都要一哭二鬧三分手了，所以……」

岑森只略想了幾秒便抬手打斷，「年後把他調回星城。」

周佳恆鬆了口氣，「好的，那我先替老同學謝謝您了。」

其實周佳恆作為岑森總助，集團內部人事調動打個招呼，自然有大把的人賣他面子。可也正因為他是岑森總助，深知岑森不喜歡身邊人瞞著他搞小動作，所以遲遲未動。

如果是尋常日子，他也不好意思和岑森開這個口。幾千萬上億數十億的項目都還在後頭排隊，他在人面前提老同學的非必要性人事調動有點不大適合，而且提了岑森大概也會要好好思忖一番，哪能像現在這麼好說話。

周佳恆在心裡默默將季明舒來回感謝了一百八十遍，又非常知恩圖報地提及年前還有一場私人收藏拍賣會，其中有幾套珠寶如何如何難得，哪套適合送長輩，哪套適合送晚輩，哪套又適合送夫人。

岑森靠在椅背上閉眼休息，不知怎地，腦海中全是昨夜季明舒低吟時的嬌嬌模樣，他不自覺地滾了滾喉結，聲音也變得沉啞，「買下來。」

周佳恆：「好的。」

✕

賓利在三十分鐘後到達君逸總部大樓，岑森又開始了一日的繁忙工作。

而另一邊，季明舒醒醒睡睡，直到傍晚才徹底清醒。

在此之前，她是無論如何也沒想到，回家後的第一天她是在床上度過的。

經過昨夜一整晚的無聲無息，谷開陽這機靈鬼自然猜到季明舒和岑森已經甜甜蜜蜜如膠似漆和好如初，於是一大早便在群組裡以功臣自居，渾然不見昨日通敵叛國的裝死和心虛，十分奔放地拿他倆做媒調侃，用詞大膽且畫面感十足。

蔣純打開手機，被谷開陽的奔放言辭驚到了。

蔣純：【？？？】

蔣純：【咕言咕語太可怕了！】

蔣純：【媽媽我要退群組！！！】

蔣純：【嗚嗚嗚我覺得自己已經不是那隻純潔的小萌鵝了！】

谷開陽笑嘻嘻，一副媽媽帶你看世界的不懷好意模樣。

蔣純這小土鵝也是意志不堅定，小萌新操守堅持了不到五分鐘，就被咕言咕語悄悄洗腦，伸出了試探的小鵝掌開始探索全新領域。

傍晚季明舒打開聊天訊息時，群組裡從蔣純一句「岑總看起來還蠻性冷淡的欸」開始，朝著被檢舉的方向一聊不回頭，一個老司機和一個小萌新愣是活生生地探討了四百多則兩性話題。

這期間谷編大人還金句頻出——

「明騷的男人一半真騷，另一半其實是小菜雞，但悶騷的男人百分之九十都很欲。」

「岑總這種男人一看就是幹大事的。」

「季明舒不吃飯又不運動，體力恐怕不太行，我簡單目測一下，她估計要三天三夜下不了床。」

季明舒默了默，內心腹誹：她現在能下床只是不想下好嗎？連個男朋友都沒有胡說八道什麼呢，沒聽過什麼叫做只有累死的牛沒有耕壞的地嗎？！

不過谷開陽前兩句還是說得蠻對的……季明舒略略一頓，不知回想起了昨晚的什麼細節，忽然又抓起被子往腦袋上蒙了蒙，渾身都臊得發紅。

由於小別勝新婚的昨夜給季明舒身心都留下了劇烈衝擊，她都沒什麼心情去關心李小蓮在《零度》沙龍過後的最新動向，也沒什麼心情去收拾谷開陽。

《設計家》節目組製片倒是傳來了訊息，請她分享今晚節目開播的動態，她也佛裡佛氣地應了聲「好」，從真人到通訊軟體都散發出一種「愛與和平」的歲月靜好白蓮感。

季明舒平時不太玩社群，只看看新聞點按讚，偶爾下場維護一下自家孩子裴西宴，還是節目組不厭其煩傳訊息，她才去認證了一個室內設計師的藍勾勾，名字也從以前臉按鍵盤隨手打出的一串英文字元改成了規規矩矩的「季明舒」三個字。

她的帳號原本只有幾百個粉絲，一半是打廣告的殭屍粉，一半則是玩社群的塑膠小姐妹非要加她好友。

認證通過後，節目組幫她買了三萬粉，還特地用一種「不用謝」的語氣通知了她一聲。

她默默翻了個白眼，連訊息都沒回。

這時她登上社群和節目官方粉絲團互相追蹤，分享了動態，然後就直接下線，連新增粉絲和新增私訊都沒多看，滿腦子琢磨的都是今晚岑森能不能晚點回來，她如何面對岑森會顯得比較自然……

沒想到結果倒還挺如她所願——今晚岑森臨時要見一個長期有業務往來的合作方，人家遠道而來特地拜訪，於情於理都不好推辭，至於幾點回家，現在還不好說。

季明舒看完岑森傳來的訊息，乖巧回了個「好」，而後退出聊天介面。可三秒之後，她忽然又點進去，往前滑了會兒聊天紀錄。

奇怪，這臭男人是什麼時候養成向她報備行程這習慣的？不過這是個好習慣，嗯，可以保持。

於是季氏舒舒獨守空房的夜晚，就簡簡單單欣賞了一番新擴建的衣帽間，等到八點，她又打開電視看《設計家》的首播。

她猜想應該是岑森重新和節目組打過招呼，她並沒有被剪得渣都不剩，開篇的抽籤分組和抽選方案都有她的鏡頭。

她是素人，鏡頭自然不會太多，好在每一個都很美，就像自帶蘋果光似的，整個人都美得驚豔且突出，襯得旁邊花俏的少女偶像顏月星像三十八線小龍套似的。

這時八卦論壇也有節目相關文章討論到了她的顏值：

【裴西宴呢，不是說他會參加嗎？】

【欸，你們覺不覺得那個素人設計師很漂亮？】

【還沒出場，別急。】

【對！感覺比顏月星漂亮。】

【以前只聽說演員和偶像有壁[3]，沒想到素人和偶像都有壁。】

季明舒對這些討論渾然不知，只對這上鏡效果還挺滿意。

她邊吃葡萄邊看，可越看就越覺得有點不對勁——

怎麼感覺播出來的內容和當時錄製的內容，很多環節的前後順序甚至說話語序都對不上呢。

大約播了有三十多分鐘，節目倏然中止進入廣告時間。季明舒想不通，盤腿坐在床上，按著遙控往前重播。

她記得第一次去星城會展中心錄製時，顏月星這小女生就挺不討喜，戲多話也多，審美

3 指差別太大或本質不同。飯圈常用語，指兩人之間有著不可跨越的鴻溝。

觀還奇差，兩人在那第一回見面就起了口角爭執。但剛剛播的這半小時內容裡，顏月星除了和她同框時顏值氣質被吊打得有點虐心，其他方面好像沒有什麼問題，看起來還滿溫柔可愛善解人意，甚至還有點萌萌噠。

反倒是她，也不知道是她自己敏感了還是怎麼，總覺得有幾個顏月星講完話後帶到她的鏡頭，神情都有些不夠友好。別人都很捧場在認真傾聽，她卻心不在焉，也沒有笑。而關鍵在於，她記得自己錄製的時候，即便心底不舒坦，但面上也裝出了一副無懈可擊的捧場模樣。

——她季氏舒舒縱橫社交場合多年，在鏡頭前怎麼可能連這點表情管理都做不好。

季明舒略感鬱悶，手機「叮叮咚咚」正進著訊息，她隨手拿起來看了眼，忽然又沒好氣地笑了聲。

大約是知道她參加了這檔節目，不少人專程看了首播，這時傳訊息給她的全都在吹彩虹屁，什麼寥寥幾個鏡頭就可以看出我們舒寶光彩照人氣質高級美顏盛世無人能敵之類的。

對於誇讚，她向來買帳。只不過一一回完謝謝，她心裡還是有點小糾結。想了想，她又和谷開陽蔣純說起了和錄製時對不上的部分，問她們看起來會不會覺得她很沒禮貌。

蔣純是個神經大條的，「你想那麼多有的沒的幹什麼，看起來美不就行了，我看的時候完全沒注意到你說的什麼眼神啊不禮貌啊之類的。哦對了，我表哥這幾天來我們家做客，剛剛和我一起在客廳看電視，他還指著電視裡的你特別驚奇地問我，這是哪個明星，怎麼以前都沒見過。我說不是明星是我朋友，然後沒等他繼續問我就告訴他，已婚，哈哈哈哈哈！」

季明舒被誇得心裡稍微平坦了點。

谷開陽也寬慰道：「這又不是直播，後期剪輯肯定和你們當時錄製的時候有點出入，還滿正常的。你想想要真的照你們錄製那時候放，那什麼女團的小女生還不氣得想把節目組炸了？」

說的也是，季明舒兀自點了點頭。

岑楊今晚也看了節目，這時傳來訊息給她。

岑楊：【小舒，我在看你的節目，很美。】

季明舒照常回了兩句客氣的感謝。

岑楊：【對了，你明天有空嗎？雙環大廈有一個很有意思的宇宙主題藝術裝置展，網路評價很不錯，明天是最後一天了，我這剛好有兩張票，要不要和我一起去看。】

季明舒頓了頓，上次平安夜共進晚餐過後，岑楊三不五時就傳訊息問候她，也偶有幾次邀約，比如約她看畫展，約她去哪家新開的餐廳吃飯。

有一次她是因為沒打招呼便和蔣純出國度假，的的確確赴不了約。其餘幾次她都是找藉口拒絕，因為她總覺著自己這麼個已婚少女和他這未婚男青年單獨出去玩有些不合適。

仔細算算，她這也一連拒絕三四次了，再繼續拒絕好像有些傷人。

季明舒想了想，斟酌回了句語音，「之前我住在閨蜜家，行李有點多，這兩天回家了，我閨蜜要我抽空過去收拾行李，明天應該沒有時間去看展了，不好意思啊。不過過幾天我朋友要在城西辦一個假面舞會，應該挺好玩的，有興趣的話你可以過去呀，工作之餘也可以放鬆一下。」

傳完，季明舒自己重播了一遍。

嗯，婉拒完再發出新的邀請，這樣就不會顯得很失禮了。而且岑楊和岑森都是那種不愛湊熱鬧的人，舞會什麼的八成不會去，即便他這回突發奇想真去了，舞會現場幾十上百人，那也很光明正大，沒什麼不合適。

正在這時，屋外傳來上樓的熟悉腳步聲。季明舒的背脊不自覺直了直，快速敲了兩排字。

季明舒：【我這邊還有點事情，先不聊了。你去的話直接報我名字就可以了，不需要邀請函。】

季明舒：【這是具體的時間和地址。】

她將別人傳的邀請複製了一份傳給岑楊。

岑楊眸色略深，寫到一半的回覆半途中止，不知想到什麼，他長按刪除鍵，一鍵清空了未發出的內容。

其實他一點都不想從季明舒著手。

季明舒是個看起來張牙舞爪、嬌蠻任性，但內心單純善良的小女生，從小就是。

記得小時候她害怕小動物，每天都抱怨巷子附近的流浪小貓好髒好煩，可好幾次大家都在吃晚飯的時候，她又悄悄去幫小貓送食物，還躲在電線杆後遠遠看著小貓吃掉才笑眼彎彎地蹦跳著回家。

可偏偏，除了這個小女生，他竟找不到一點近身的辦法。

他回身看向窗外平城冬夜的熠熠燈火，忽然覺得這座城市很陌生，和他輾轉反側多年所懷念的城市，一點都不一樣。

✕

岑森走進房間時，身上帶有很濃重的酒氣。季明舒邊下床邊掩住口鼻，聲音被捂得有點悶，「你喝了多少，好難聞。」

岑森不知是沒聽清還是怎麼，沒主動敞開房門透氣就算了，竟然還帶上了房門，關上了門鎖。

季明舒下床時背對著他，沒注意到他暗地裡的騷動作。

她走到空調開關那裡調了換氣模式，又回身去開房門。可她還沒碰上門把，就猝不及防被岑森一把撈進了懷裡。

滿是酒氣的吻從她唇邊落下，又纏繞著往內。

季明舒剛開始手腳自由，還強行推了幾把，但兩隻不安分的手腕很快被岑森反剪至身後緊緊控住，吻也懲罰性地變得更加霸道。

季明舒可能是被酒氣熏的，有點暈，好在當岑森想要進一步動作時，她的身體記憶又忽然甦醒，下意識便開始反抗。

「不要！」

「你是公狗精轉世嗎你。」

「我還在痛呢！」

她手腳並用地掙扎，聲音嬌嬌軟軟，對岑森並沒有起到什麼阻礙作用。

看著這狗男人埋在她鎖骨下方還不忘解她背後衣釦，她不知道怎麼想的，竟然還用下巴撞了撞他的腦袋。

這招傻是傻了點，牙齒都被她自己撞痛了，岑森也沒什麼感覺。不過岑森聽到她撞痛牙齒之後的倒抽氣聲，動作還是不自覺地緩了下來。

他抬頭看著季明舒，眼裡滿是情欲，聲音卻清冷沉靜，「我今天幫你買了鑽石，一整套。」

季明舒皺了皺鼻子，嫌棄道：「鑽石怎麼了！太空船都不管用！痛！痛痛痛痛！！！」

「我也痛。」

他的聲音忽然就變得低啞，邊說還邊按著季明舒的背脊往自己身上貼了貼，讓她自己感受。

季明舒被戳得一冷顫，忽然就想起了昨夜被有氧運動所支配的恐懼！

啊啊啊！這個死變態怎麼不去坐牢！！！

——兩人的博弈最後以季明舒貢獻出纖纖十指作為結束。

岑森似乎還不甚滿足，季明舒洗手回來，他也沒有進入所謂聖人模式，只直勾勾地盯著她嫣紅的唇。

季明舒原本是不太明白的，可想起之前岑森做過的事，忽然就明白了。

她湊上去捂住他的眼睛，強硬道：「想都別想！這輩子都別想！你這種思想不乾淨的男人就應該去坐牢！！！」

岑森的酒意還未全散，低低地「嗯」了聲，彷彿帶了點笑。

他握住季明舒的手，又毫無誠意地低聲道了句歉，而後又將她柔軟的身體攬入懷中。

季明舒還沒有睡意，想起回家這兩天，這男人就像進入發情期似的一言不合就要做，都沒和她說上幾句話，心裡還挺不高興的。

於是她理直氣壯地伸出手，「我手痛，你幫我揉揉。」

都說男人在床上都很百依百順，岑森也不例外，她這麼一命令，他還真握住她的手，輕輕揉了起來。

季明舒窩在他懷裡窩了會兒，不自覺就成了關心老公的小嬌妻，「你今天怎麼喝這麼多，有沒有吃醒酒藥之類的。」

岑森半闔著眼揉手，難得和她聊起工作，聲音還靜靜的。

今天他應酬的那老闆不是什麼斯文人，早年暴發起家，生意越做越大，一路走過來有那麼點刀口舔血的意思，為人也就比較粗獷豪放還有點江湖氣，勸酒的理由一個接一個，什麼「感情深一口悶」、「感情厚喝不夠」、「感情鐵喝出血」。

岑森向來不大擅長應酬這一類人，對方莫名自來熟，莫名熱情，腦子裡好像沒有「分寸」二字，見誰都是好兄弟。偏偏有長期的合作往來，也不好因小事冷臉。

說完岑森頓了頓，也不知道是正經說話還是調戲，忽然來了句：「你以為賺錢養你很容易嗎？」

這話題轉得太快，季明舒腦海中緩緩打出了一排問號，「我很難養？」

緊接著她又嬌氣道：「你不想養還有的是人想養呢，給你這麼好的機會你這人怎麼還不知足！」

岑森闔眼輕笑，沒反駁她。

兩人就這樣在床上窸窸窣窣地聊了會兒天。岑森有點累，不知不覺就睡著了。

季明舒正想和他說說節目，可說了幾句沒聽見回應，她抬了抬眼。

「岑森，岑森？岑氏森森？」

她輕輕戳了下他的喉結，又去吹他睫毛。

沒動靜。

還真的睡了。

季明舒換了個姿勢趴在床上，手肘撐著下巴，細細打量枕邊男人，陷入深思。

這一陣一陣的，還真不知道該說他體力好還是不好，昨天一宿都沒怎麼睡，今天喝個酒還沒怎麼樣就不省人事了。

哎，可能是他快三十了體力不支？

還真是，再過兩年多他就三十了。

而她還是永遠不會長大的十八歲小仙女。

呸！老牛吃嫩草，老男人！！

可這老男人長得真好看，每一處都正好長成了她喜歡的模樣，不管什麼時候都覺得好喜歡。

季明舒忍不住伸手，捏了捏老男人的臉蛋。見他沒反應，又蠢蠢欲動地湊上去親了一小口。

親完她就別過頭開始偷笑，自己把自己甜得想要打滾。

在能夠坦然面對自己喜歡他的這個事實後，好像和他在一起的每一分鐘都變得很甜蜜，親密接觸的疲憊之餘也會覺得甜蜜。

這麼反覆偷親了好幾回，她忽然有點惆悵，戳著他的鼻尖小小聲問了句：「你什麼時候才會喜歡我？」

季明舒問完，許是知道得不到答案，原本只有三分的惆悵擴成了五分。她微微嘆氣，又翻身平躺在岑森身側，盯著天花板，大腦放空。

不知不覺間睏意席捲，她眼皮眨動的頻率越來越緩，最後垂下了就沒再睜開，呼吸也變得均勻且綿長。

身邊微醺的男人仍是閉著眼，只不過忽然側了側身，一隻手環抱住她，將她往自己懷裡攬了攬。

冬夜月光淺淡，昏暗朦朧中，他的唇角似乎往上，稍稍牽了下。

第十五章

一夜無夢，季明舒昨天休息久足，難得和岑森一塊兒早起。

岑森醒來拎著自己的衣領聞了聞，二話沒說便起身放水洗澡。

季明舒隨之光腳落地，撐在床邊緩了緩神，也跟著進了浴室。

見她進來，岑森轉頭，「我吵醒你了？你可以再睡一會，還早。」他的聲音像睡啞了似的，有點沙。

季明舒在浴室外間邊擠牙膏邊皺著鼻子嫌棄道：「不是被吵醒，是被熏醒了。」她絮絮叨叨：「等一下我要讓阿姨上來換被子，滿床都是酒氣，真不知道我昨晚是怎麼睡著的，受不了你。」

怎麼睡著的。

岑森稍頓，想起昨晚落在唇上的吻和落在耳側的小聲喃喃，忽地輕笑出聲。

季明舒還挺警覺，往後仰著，朝裡看了眼，邊刷牙邊囫圇質問：「李（你）笑什莫（麼）？」

「沒什麼。」岑森輕描淡寫，應得隨意。

見季明舒還舉著嗡嗡嗡的電動牙刷盯著他，他也坦然，慢條斯理地脫起了襯衫，脫完襯衫他似乎還準備脫褲子……季明舒在心底暗罵了句不要臉！立馬收回視線。

他們的主臥浴室特別大，有桑拿房，嵌入式鏡面電視，甚至還有品酒臺。往裡面走至浴室盡頭也是別有洞天，一側通往東面陽光房，一側通往西面露臺的無邊泳池。夏天的時候泡在泳池裡邊品酒邊欣賞山色湖光，足不出戶都是度假。

季明舒還把梳妝檯搬到了浴室，刷完牙，她就坐在梳妝檯前，邊做晨間保養流程邊和裡頭淋浴的岑森說話。

岑森洗完澡出來，季明舒才剛敷完面膜。她的頭髮被淺粉貓咪髮帶綁至腦後，露出巴掌大的光潔臉蛋，這時她正拿了管噴霧繞著圈地往臉上噴。

「什麼東西？」

季明舒噴完，用手輕輕拍打，又用六角海綿吸掉多餘水分，然後才招了招手示意岑森彎腰。

岑森停頓片刻，還真撐著她的梳妝檯，傾了傾身。

季明舒抄起噴霧就往他臉上猛噴了幾下，「補水的，你都快三十了，也該補補了。」

「……」

岑森抹了點聞了聞，好像就是純淨水。

可垂眸看見季明舒素顏的皮膚仍像剝殼雞蛋般細嫩光滑，一排燈打下來也找不到半點瑕疵，他一時也不好判斷這些看起來不像什麼正經玩意兒的瓶瓶罐罐是不是真的有效。

季明舒仍在塗塗抹抹，而且邊塗抹還邊奇怪地瞥了眼岑森，「你一直看我幹什麼，你都長鬍子了，還不刮掉。」

其實就是很短的青色鬍渣，不湊近仔細看都看不到。

岑森隨意「嗯」了聲，起身拿刮鬍刀清理，頗為順從。

他清理完，季明舒也已保養完畢。

可她剛準備起身，岑森就忽然按住她，從身後傾身，繞過她的脖頸，湊上前用下巴蹭了蹭她的臉蛋，「乾淨了嗎？」

季明舒一怔，聲音不爭氣地壓低又壓低，「乾……乾淨了。」

這動作很親暱，季明舒看到鏡子裡岑森略略偏頭貼著她的臉頰，面容清雋又略顯慵懶。

她連呼吸都小口小口的，眼睫低垂，有一搭沒一搭地繼續抹護手霜，嘴裡還在說些嫌棄他的話催他趕緊離開，生怕哪沒做好會暴露自己冬日懷春的小心思。

這天早上兩人就像一對剛結婚的恩愛夫妻一樣，女方幫男方戴袖釦繫領結，男方在空氣中噴香水讓女方在裡頭轉圈圈，整理完兩人又一起下樓吃早餐，聊今天的行程。

岑森出門時，季明舒還喝著牛奶跟了出去，笑咪咪地和周佳恆打了個招呼。

周佳恆受寵若驚，也忙應了聲「夫人好」。

目送賓利遠走，季明舒輕快回屋，還盤坐在沙發上抱著枕頭偷笑了好一會兒。

如果以後每天都可以像今天早上一樣就好了。當然，如果這臭男人出門前還能留下一個早安吻那就更好了。

這麼一想，她又覺得自己好貪心啊。也不知道是不是所有女孩子喜歡上一個人後，都會像自己一樣變得貪心，得寸進尺都不夠，還肖想著過丈。

她拍了拍臉蛋讓自己清醒，又上樓換衣服，準備去谷開陽那裡搬行李。

昨晚因為岑森回家，節目的後半段她也沒有看完，去谷開陽家的路上，季明舒爬上社群看了看，發現自己竟然漲了兩萬粉絲，不少人傳來私訊誇她美，還有人問她接不接室設項目之類的。

她翻了會兒都沒看到什麼不好的評價，一時也就忘了去看剩下的後半段節目。

事實上，昨晚《設計家》的第一集首播只播到他們這一組分工去市場採購家居用品，鏡頭多數集中在裴西宴和顏月星兩人身上，季明舒的部分整合一個剪輯影片大概都不足三分鐘。

而且節目剪輯大概是發現季明舒和顏月星這倆站一起，怎麼看都是季明舒更像明星，所以後半段她倆同框的鏡頭都沒幾個，整期節目看下來畫風都很「愛與和平」，甚至可以說是無聊。

一檔綜藝節目，低級庸俗沒關係，互撕爭吵也沒關係，但無聊就很有關係了，因為這直接關係到收視率。

即便有裴西宴和顏月星的粉絲捧場，《設計家》的首播收視也十分普通，網路播放量也堪稱慘澹。

收視和網路播放都這樣了，就更不必提討論度，也就剛播的那一陣子八卦論壇裡有粉絲發了幾篇文章，後續大家沉迷其他八卦，哪裡還顧得上什麼家裝改造節目。

倒是有那麼三兩路人看節目時，發現季明舒這設計師的顏值很不錯，可發到論壇讓人評價，除了被人閉眼嘲弄是水軍之外，回文還不過一頁，就「噗通」一聲沉到了查無此人。

一切都很平靜，根本就沒有人知道——這一切完全違背節目組的初衷。

節目播出到次日清晨，《設計家》節目組都在會議室裡連夜緊急開會，討論新的宣傳方案。

沒有人知道，其實昨天那集節目根本就沒播完！

按照原計劃，第一集是要在季明舒和顏月星針對地毯事件大撕特撕的時候才戛然而止留下懸念的。

社群和各大論壇的通用稿早已備齊，節目後續的行銷宣傳也會第一時間跟上。

美豔素人和少女偶像互撕，再加上節目中還有裴西宴這麼個自帶話題的當紅流量，不愁炒不起熱度。

可人算不如天算，昨夜星城城區發生無差別的惡意殺人事件，嫌犯目前在逃，臺裡需要臨時插播這條本地新聞，來錄晚間新聞的主持人都被逮了過去錄旁白，哪輪得上他們一小小節目組說不，於是《設計家》第一集節目的最後二十分鐘精華就這麼毫無預兆被攔腰截斷。

製片商量著新聞插播完再繼續播也沒被批准，因為還要緊著後頭十點檔的收視率王牌劇集，只敷衍著要他們再剪剪，後續內容放到下一集播。

下一集播，第一集都這樣了下一集還有人看嗎？製片看著這平平無奇毫無討論之點的首播節目，簡直想親身上陣逮了那殺人犯。

✕

就這麼平平靜靜過了一週，到《設計家》第二集節目播出當晚，有一批水軍忽然空降各大論壇，開始就第一期節目洗版討論，什麼裴西宴顏月星還挺有CP感，裴西宴好冷萌，顏月星好可愛，素人長得挺美就是脾氣好像不怎麼好……

雖然資深吃瓜群眾們不屑地罵著透明節目水軍快滾，但這種花了大價錢的洗版式討論，怎樣也能引起一點點關注度。

而且到晚八點整節目正式播出，這些關注度也開始有了真實的轉化率。

季明舒對此一無所知，因為說好不出差但還是臨時出差了的岑森不在家，谷開陽和蔣純一個忙工作一個忙戀愛都沒有空，她也就只好應邀和幾個塑膠小姐妹去外頭看音樂劇。

大家對音樂劇這種東西其實都沒什麼興趣，但天天在外胡鬧也不像話，總得三不五時表現一下她們品味高雅的一面。

漫長的一場音樂劇結束後，旁邊昏昏欲睡的塑膠小姐妹終於睜開了眼，並暗自長舒了一口氣。

季明舒有些想笑，但還是很給面子地沒笑出聲，並且很配合地和她拍了張自拍，任由她發動態。

薇薇安：【和舒寶好久沒見了，今天終於一起看了音樂劇，超級棒！！】

她這則動態的圖片內容很豐富，文字內容卻很簡短，主要是也沒辦法不簡短，這小姐妹全程都處於半昏睡狀態，大概連她們看的這場音樂劇到底叫啥都沒記清楚，也不能指望她就音樂劇內容聊個一二三四了。

餘光瞥見她點了發佈，季明舒也慢吞吞地從包裡拿出手機，準備幫她按個讚，再留個「嗯嘛」的留言。

可沒想到，手機的飛航模式一關，訊息就毫無預兆地叮叮咚咚響個不停。

而且薇薇安也怔了怔，突然驚訝地吞吐了句：「小……小舒，我朋友說，你上熱搜了……」

季明舒沒說話，不用這小姐妹通知她也已經知道——自己被罵上熱門搜尋了。

#設計家

#設計家季明舒

#季明舒顏月星

熱搜前十就占了三個，十五名以外還有被節目組強行帶上的吃瓜群眾裴西宴和馮炎，一個家裝改造節目為了炒熱度這麼搞，可以說是不計成本了。

季明舒抿著唇，面無表情，可仔細觀察的話會發現，她那捏著手機的手都在輕微發抖。

一起來看音樂劇的其他幾個小姐妹沒和她還有薇薇安坐同一排，這時散場過來找她們，也都知道了熱搜的事，湊到一堆七嘴八舌，驚訝討論：

「這是什麼情況呀。」

「不知道啊，莫名其妙的。」

「顏月星是誰？我都沒聽過，她是不是拉著我們小舒炒作呀。」

「不用想肯定是。」

「可，可是這節目的贊助商不是君逸嗎？怎麼會搞成這樣？」

……

說實話，這些小姐妹塑膠歸塑膠，但當她們和你站在同一陣線對別人火力全開時，還是很能發揮安慰作用的。

就像這時，要是沒有這些小姐妹一捧一踩好好哄著，季明舒大概會被氣得路都走不穩，更別提正常離開劇院坐上專車了。

✕

回家路上季明舒一路都坐在車後座看手機，司機從後視鏡裡瞧著，總覺得她神情不大對，提心吊膽的，有點害怕這小祖宗一個不高興又要他半路改道。

要知道上回這小祖宗說要去星港國際拿東西，那可是一拿不回連個聲響都沒留呢。事後他被周助好好警告了一番，還說要有下次就扣他年終獎金。

這不是馬上就要過年了嗎，哪能在這節骨眼上被扣年終獎金？

司機打定主意，等一下這小祖宗真要鬧脾氣，那他也必須先打通電話給周助把自己給撇得乾乾淨淨。

好在他所擔心的事情沒有發生，小祖宗雖然一路臉色越變越差，但還是順順利利地回了明水公館。把人完好無缺地送到，心情好不好，他可就管不著了。

【臭傻逼！祖宗十九代死光了！】

【去你媽的！什麼貨色還在我們家星星面前吆三喝四裝模作樣！】

【你媽死了你爸死了全家都死了！】

……

季明舒的留言和私訊裡，諸如此類不堪入目的辱罵源源不絕，甚至還有顏月星的粉絲把她在節目上的截圖裁下來P進遺照傳給她。

季明舒坐在客廳沙發上，吊掛水晶燈明晃晃，照得眼睛生疼。她揉了揉，忽然有大顆大顆淚珠砸落。

季明舒順風順水了二十多年，這還是她第一次被這麼多人用這麼難聽的話辱罵，她很生氣，氣得好像快要炸了，但生氣之餘，她也有點手足無措的慌張和害怕。

呆坐了大半個小時，她拿起手機打了通電話給岑森，可只有機械女聲提示：您所撥打的電話已關機。

她停滯的思維像是生鏽的齒輪般，被這女聲推動，緩慢地轉了下。

哦，他這時應該在飛機上，從平城到巴黎，飛行時間差不多要十一個小時，也許還會延誤。

她顫抖著放下手機，圈住雙腿將腦袋往裡埋，強迫自己冷靜，強迫自己不要去想那些惡毒難聽的言語攻擊。

其實就這麼短短半個小時，有很多人在打電話傳訊息給她關心她，谷開陽、蔣純、岑楊、李澈、馮炎……甚至還有剛下晚自習被經紀人提醒看新聞的裴西宴。

可她全都不想接不想看不想回，她就只想聽到岑森的聲音，就只想看到岑森，僅此而已。

✕

另一邊，岑森剛剛抵達戴高樂機場，巴黎正是下午，天光晃晃。

臨近過年，他不想出差，周佳恆也的確沒有為他安排需要出差的行程。可這次是岑遠朝直接打來電話，要他飛一趟巴黎見投資方，談岑氏和季家合作的南灣項目。

南灣是南城以東、占地二十五平方公里的一個近陸島自由貿易區，地理位置十分優越。

季家鼎盛時期聯手蘇家拿下南灣項目的開發權，並成立南灣開發建設公司。

隨著季蘇兩家的聯姻取消，蘇家內部更迭，蘇家的新任掌權人認為南灣項目投資週期過長，風險指數過高，寧肯虧損也要轉讓股份決意退出。

季家不想外人插手喪失主動權，便只好找上新親家岑遠朝合作。

岑遠朝對這項目本就有點興趣，而且岑家不像蘇家資金循環小、分不出精力折騰這種長線投資的大專案，組建相關團隊考量過後，岑遠朝便拍板，接手了蘇家的投資份額和季家聯手開發，並在初期就為基建設施豪擲百億。

這麼大個項目，週期跨度又長，也不可能只靠他們兩家持久輸出，所以兩家一直在不喪失主動權的情況下尋找合意的投資人。

這次有法籍華人富商對項目有意，岑遠朝特地讓岑森親自出面相談，畢竟未來的南灣專案開發還有整個岑氏集團都要交到他的手裡。

周佳恆照例隨行出差，下飛機，他和岑森說起巴黎這邊的行程安排，手上還不忘把工作電話開機。

開機不足十秒，便有電話進來。

「喂？」他稍稍落後一步按下接聽，可越聽，他的臉色就越難看。

岑森的手機還在開機中，他看了周佳恆一眼，不知怎地，心裡忽然升起一種不祥的預感。

果不其然，周佳恆通完電話，便垂首灰臉匯報道：「對不起岑總，夫人參加的《設計家》節目出了問題，抱歉，是我失職。」

岑森：「說清楚。」

總助本能使周佳恆下意識組織出了精簡的語言，他簡短將第二集節目播出後季明舒被罵上熱搜的事情向岑森複述了一遍，又低聲道：「我現在立刻聯繫節目組和相關媒體撤下新聞。」

這件事周佳恆自知有無可推卸的責任，前不久岑森和季明舒和好後，岑森還特地問過他，之前是怎麼和節目組說的，有沒有讓節目組剪光季明舒的鏡頭。

他如實回答「沒有」，他只讓節目組改了季明舒和李澈的CP，還有讓節目組不要將季明舒作為拍攝重心。

岑森為防節目組誤會意思直接剪光季明舒的鏡頭，還曾交代他去打聲招呼，讓季明舒正常出鏡。

本來是一句話的小事，可他稍稍想遠了些，為了不讓節目組用力過猛直接從沒鏡頭改為重點打造，他沒有開門見山透露季明舒的身分，而是讓節目組先將成片傳來看看。

那時候季明舒他們組的節目份額還只弄出了半集，也就是首播那期的前半段。

周佳恆挑來看了遍，發現節目組並沒有誤會他的意思，剪光所有季明舒的鏡頭。而且季明舒和其他素人設計師出鏡的頻率是相當的，至於表現，中規中矩，很正常。

他也就放心了，沒有多嘴多舌再做交代。

可他到底是很少接觸娛樂節目這一塊，壓根就沒想過還有魔鬼剪輯這種事情。

他每天實際負責的工作又很多，根本不可能有時間瀏覽大量的原始拍攝素材，和最終的成片一一進行對比。

所以他聽到這消息時，腦子都是懵的。

他周佳恆跟隨岑森多年，一直都小心翼翼從未行將踏錯，可就這麼個小節目組，竟然讓他栽了兩回跟斗，還一回比一回嚴重。

他的心涼透了，哪還敢想年終獎金，現在只想做了這節目組，再處理好網路上輿論，最後自己在異國他鄉找塊地先死一會。

只不過岑森這時顯然沒有什麼心情處置他。

手機開機後，岑森徑直打電話給季明舒，大概響了三聲，季明舒就接起來了。

電話那頭一片靜默，呼吸都聽不到，只能聽到細微的電流聲。

他不知道在想什麼，停在機場大廳沒有再動。

和投資方約的時間就在今晚，對方好不容易騰出一個晚上專程招待他，還早早便告訴他，自己這邊安排了怎樣正宗的法式大餐，要怎樣讓他感受到純正的法蘭西風情和對雙方合作的期待與誠意。如果他現在轉身就走趕回平城，這次合作不必再多抱念想。

過了很久很久，他忽然說了句：「明舒，對不起，我馬上回去。」

季明舒一直繃著繃著，並安慰自己說沒什麼大不了，等岑森知道了肯定會幫她討回公道，可終於盼到岑森電話，聽到他說「對不起」的時候，她忽然沒忍住，委屈得哭出了聲。

她邊哭邊抽噎，還不忘斷斷續續地罵他：「你……你算什麼老公……投資個節目還能讓你老婆被人罵得狗血淋頭……你說你是不是暗地裡恨我？嗚嗚嗚岑森你混蛋！我什麼都沒做……根本就不是節目裡播的那樣，我，我沒有欺負別人！嗝……」她哭到後面都開始打嗝了。

「嗯，我混蛋。」他閉著眼，聲音越發低啞，「不要哭了，乖。」

季明舒一邊扯衛生紙擦眼淚一邊罵他，就這麼罵了足足有五分鐘。

可聽到岑森壓低聲音，要周佳恆立馬訂票返航的時候，她忽然想起岑森臨走前說起過這次的合作有多重要，她又哽咽著喊了聲：「不要！」

岑森：「什麼？」

季明舒：「你不要回來，你就待在巴黎好好反省吧你！」

岑森只頓片刻便明白過來。

良久，他問：「你可以嗎？」

「我有什麼不可以，而且我表哥已經幫忙了，等你這種偏遠地區的得到消息我墳頭恐怕都被人罵塌了吧，反正，反正你不准回來！」

季明舒的聲音帶著哭腔，但也有種發洩過後的輕鬆感，甚至還有種只有她自己知道的，被人安慰的滿足感。

ᛤ

事實上，岑森打電話給季明舒的時候，季明舒某位開電影公司的表哥已經找熟人幫忙，把掛了不到兩小時的熱搜給撤了下來。

《設計家》節目組的工作人員一直在關注即時輿論熱度，眼看著真實轉化率在往上飆升，工作人員心裡都喜滋滋的，可忽然間，熱搜沒了。

節目組工作人員莫名，第一時間便聯繫了合作的行銷公司。

行銷公司那邊回答說：「你好，現在還不太清楚哦。我們也正在進行聯繫，但還沒有得到具體的回覆，有消息會立刻通知你們的。」

這行銷公司的小姐姐聲音甜中帶鹽，禮貌溫柔，還親切有加。

打電話的工作人員是個呆頭鵝，被這麼一哄一糊弄，就七葷八素地連聲應了句「好好好」。

等通話結束製片問起：「他們那邊怎麼說的？」

工作人員一滯，後知後覺反應過來，剛剛這小姐姐說了一大堆，其實什麼都沒說。不知道為什麼撤熱搜，什麼時候能有個準確答覆也不知道。

製片本就焦頭爛額，在辦公室內來回徘徊，這時忍不住插著腰罵了句：「你是不是豬？我就問你是不是豬？還不趕快打電話再催！」

工作人員縮了縮肩，有些心虛，可再打過去，電話已經變成了意料之中的無人接聽。

節目組的幾個負責人想不通這是什麼情況，雖然熱搜能上就能撤，文章能發就能刪，大多時候只看出不出得起價錢，但誰沒事花這麼一筆閒錢跟他們對著幹？幾人你一句我一句，好半天都沒討論出個什麼結果。

最後倒是有人咕噥著隨口說了句：「該不會是這設計師自己撤的吧？」

馬上有人反駁：「應該不會，只是個設計師，以前還沒什麼作品，她要是對播出內容不滿肯定也會先和節目組聯繫啊。」

還有人附和：「她好像是孟小薇介紹來的，但孟小薇那是為了自己和李澈解綁，人塞過來後她也沒再多問一句，我也覺得不是她自己撤的。」

反正也搞不清楚狀況，製片一邊讓人聯繫季明舒，自己又一邊聯繫孟小薇。

孟小薇是個聰明女生，有了人氣後就決心轉型精雕作品，她這幾個月在閉關拍戲，死耗在深山老林很少上網，在製片打來電話前，她對此事並不知情。

而且她對季明舒的瞭解本身也很有限，將自己知道的告訴製片後，她又怕這事連累到自己，趕忙傳訊息向季明舒道了個歉。

她剛剛聽電話就覺得有問題，製片那裡說三分留七分的，出了事那肯定也是他們不厚道在先。

不管前因後果如何，人都是她介紹過去的，先向季明舒道個歉肯定沒錯。

道歉完後，孟小薇又聯繫了谷開陽，想從谷開陽那探探話。谷開陽平日對她這位冉冉升起的新星態度還頗為親近，今夜接她電話，語氣中卻有著不難察覺的冷淡。

孟小薇不想惹人厭煩，沒繞圈子便直抒來意。

谷開陽沒正面回答，只輕描淡寫道：「事情已經發生了，現在說這些還有什麼用呢……噢對了親愛的，聽說你在荷山還要拍兩個多月對吧？過年之後那張單人封面本來是留給你的，但社裡預估了一下，檔期可能會有點對不上，所以我們還是等你拍完戲再約吧。」

孟小薇張了張嘴還沒出聲，谷開陽那邊便直接堵了話頭：「時間不早了親愛的，你拍戲辛苦早點休息吧，我還有些工作沒有忙完，今天就先不聊了。」

遷怒的意思這麼明顯，孟小薇要是還聽不懂，那就在娛樂圈白混了。

她有點頭疼，她的本意只不過是做個順水人情，沒想到這麼個節目也扯出這麼一堆破事。可人畢竟是她介紹過去的，一個弄不好，兩頭都要得罪，她一邊和製片保持聯繫，一邊讓助理整理這次事情的來龍去脈，看看還有沒有什麼她能補救的機會。

⤧

其實這次事情的前因後果十分簡單，做行銷的人一眼便能明白——節目組大概是和顏月星那邊有合作，拉了個素人墊背炒熱度。

今晚節目播出前，《設計家》節目組就預備了很多通用稿在各大論壇預熱造勢。

等大家被吸引去看節目，又有一批新的通稿投放，從最新播出的這期節目進行不同角度的深入剖析。

這期播出的節目也確實有爆點，季明舒對顏月星各種不屑，兩人摩擦爭吵不斷，還不是那種暗地裡的，就是大剌剌擺在明面上的，甚至還有顏月星私底下對著鏡頭哭訴委屈的畫面。

在新通稿投放期間，不斷有真路人和真粉絲下場爭吵，熱度開始小範圍升高。

就在這時，顏月星忽然發了篇只有一個微笑表情的動態，隨即秒刪。

顏月星怎麼樣也是小糊團[4]裡唯一有姓名的主唱，粉絲團有近千萬粉絲的少女偶像，粉絲雖不能與頂級流量相比，但很死忠，平日都像打了雞血般，妹妹指哪裡打哪裡，妹妹隨便發張照片隨便幹點什麼屁大點事也能閉眼捧上九重天。

她這暗示意味明顯的動態一出，輿論熱度瞬間就被往上推了一個層級。

再加上她節目錄製期間發過一些動態被有心人翻出來，前後照應，看起來還真像是遭受

4 指名氣不高的團體。

了什麼天大的委屈。

而且節目組還適時安排了人爆出了一些疑似節目組工作人員的動態，幾乎都是吐槽季明舒心疼顏月星的。

一時間，粉絲瘋狂憐愛，原本覺得只是節目組炒作冷眼旁觀的粉絲也都紛紛下場，渾身散發著「誰欺負我家星星誰就得死」、「我可以受委屈但我們家星星絕對不可以受委屈」的騰騰煞氣開始維護自家偶像。

【我從來沒見過上節目態度這麼惡劣的人！節目組是瞎了嗎為什麼要請她！】

【顏月星也太慘了，脾氣好軟，被一個素人這樣欺負。】

【這是什麼設計師啊天哪，簡直就是沒水準！】

【啊啊啊啊啊氣炸了！我的星寶！！！】

雖然粉絲一面倒的心疼，但各大論壇裡，討厭顏月星的隊友粉和對家粉不少，水軍和粉絲帶風向也並不是所有人都會買單。

常混飯圈的不少別家粉覺得：季明舒很有可能是被惡意剪輯了。

首先她一個素人，總不可能無緣無故就罵顏月星，怎麼就沒看她罵馮炎和裴西宴呢。

其次播出來的節目片段裡，季明舒對顏月星極其不耐煩，顏月星還像個軟萌受氣包似的默默吃苦耐勞，這也太假太魔幻了。

有看不慣顏月星的黑粉用高倍速跑完節目，直接甩出早年顏月星翻白眼耍大牌的動圖，併發文章嘲諷道——

【笑吐，顏月星竟然還有臉上節目炒善良受氣包人設，是以為大家都失憶了嗎，建議大家服用一下這張圖清醒清醒，感受下老娘世界第一大牌的氣場，順便憐愛設計師一秒，設計師的顏我舔了，如果有集資出道的想法我願意貢獻五百塊。】

【呃，看到這張圖我清醒了。】

【酸民拿著張陳年黑圖黑個沒完有意思嗎？】

【你家主子自己翻的白眼自己要的大牌，誰黑了？】

【那節目裡也是某設計師態度惡劣欺負人，沒人逼她擺臉色吧？真是搞笑，出事就甩鍋惡意剪輯。】

【對啊，他們節目組的工作人員都吐槽了，人品沒問題幹嘛吐槽。】

【先不選邊站，蹲一波反轉。】

……

網路上的你來我往可以說是一場沒有硝煙的戰爭，事情發酵到這集節目播完，局面基本呈三足鼎立態勢：

顏月星的粉絲一部分負責辱罵季明舒，一部分負責社群論壇控制留言。

社群路人基本只看熱門通用稿，大部分在憐愛顏月星抨擊季明舒，小部分看到顏月星粉絲辱罵，呼籲拒絕對素人進行網路暴力，

論壇的資深八卦仔和飯圈人士較多，對節目的內容持觀望態度，對節目片段的分析解讀也比較多元化，有些人的思路跑得特別偏，竟然還覺得季明舒嗆顏月星的時候又美又颯。

與此同時，也零星有人爆料季明舒的現實生活，有人說她家很有錢，是做房地產生意的。有人說她是個正宗白富美，上節目只是玩票追星。

這些爆料在路人看起來眼花繚亂精彩紛呈，在顏月星粉絲眼裡就很扎眼扎心了。

我們家星星一路辛苦努力才走到今天這個位置，白富美怎麼了，白富美就可以隨便在節目對我們家星星擺臉色嗎？！

深夜裡，人的情緒也容易被影響，粉頭[5]在群組裡激情呼籲：絕對不能讓我們家星星受委屈，我們要守護我們最愛的少女！十多歲的小女生也被煽動得大半夜作業不寫澡也不洗，熬夜維護自己的偶像，用手機用電腦血洗季明舒的留言區。

這樣的結果其實是節目組可預料的，但不知道為什麼，就是覺得很不安。

他們私下聯繫了季明舒，可季明舒始終沒有回應。

5 指粉絲團的頭目、老大。

因為季明舒和顏月星的事情鬧得厲害，裴西宴和馮炎的粉絲也都關切慰問自家偶像錄製的時候有沒有被季明舒欺負，沒想到這兩人竟然都一前一後正面回覆了。

裴西宴：【和小舒姐相處得很開心，也學習到了很多知識，感謝。】

馮炎：【最近要搬新家，已經請到了大設計師幫忙設計。@季明舒】

甚至連不同組的李澈也幫他們這兩篇動態按了讚。

一組四個人，兩人互撕，另外兩人無條件站在其中一人那邊，還有一個人氣鮮肉按讚表態，這已經很能說明問題了。

【嗅到了反轉的氣息。】

【節目組死定了！】

【裴西宴都發動態站在季明舒這邊了，那肯定不是季明舒的問題啊，他們這種流量人物發動態超謹慎的。】

這三人的表態不僅在輿論層面撕開了反轉的缺口，同時也引起了節目組的重視。

正如網友所言，娛樂圈裡人氣越高的明星也就越謹言慎行，因為任何不經意的不妥當舉動都可能如蝴蝶振翅般帶來不可預估的後果。

先前的熱搜被撤本就讓節目組疑惑，這一齣選邊站更是讓節目組認定季明舒不是他們先前以為可以拿來隨意墊腳的小白菜。

到深夜，節目組終於得到了準確消息，而這一消息，實在是令人有些頭暈目眩。

他們火速通知了顏月星的團隊，顏月星的團隊原本還在對粉絲煽風點火，遞新的通用稿給外包行銷，猝然接到節目組的電話，滿腦子都只剩下一句話：完了，踢到鐵板了。

季明舒是季氏集團的小千金，還是這檔節目的贊助商爸爸君逸集團的總裁夫人。

顏月星的團隊連夜和節目組那邊溝通調整方向，公關也在加班加時提出方案。她這時只有一個願望，那就是希望她的粉絲閉嘴。

昨夜季明舒腦子混亂，迷迷糊糊睡得很早。一覺醒來已是次日清晨，她下意識撈起手機看了眼，這一看才發現，她手機都快被四面八方傳來的訊息給塞爆了。

可能是剛醒，季明舒有點懵，昨夜哭過之後眼睛到現在還很腫痛，但如願得到岑森安慰，這時再回想那些辱罵之詞，她也沒什麼特別劇烈的情緒波動。

昨晚她還以為自己會氣到失眠呢，沒想到和岑森通完電話，她很快就睡著了。

她猶豫著上了一下社群。

原本她還在想顏月星的粉絲會不會又有什麼新的花招，可沒想到短短一夜，事情好像有了一些意料之外的反轉。

裴西宴、馮炎發動態力挺，李澈緊隨其後按讚。而且比較令她驚訝的是，當初介紹她參加節目的孟小薇也在今早站出來發了動態。

孟小薇：【正在深山老林拍戲中，收到消息時有些驚訝。感覺其中應該有些誤會，小舒是經我介紹參加節目的，她是一個相處起來很親切的女孩子。】

孟小薇自然是審時度勢後才決定發這則動態，但季明舒仍是感謝。

除此之外，通訊軟體裡還有很多來自相熟或不相熟的朋友的慰問，岑季兩家的長輩也打來了電話，可電話打來時她睡得太死，沒有接到。

季明舒先回了電話給岑老太太撒嬌報平安，而後又打電話給自家二伯季如柏。

季如柏一向疼她，但同時也管教得很嚴厲，拋頭露面什麼的一向不被允許。

這回她不僅拋頭露面，還鬧上了熱搜，季如柏安慰之餘自然也好好訓了她一通。

這些不應該參加節目、得好好和岑森處感情的老生常談季明舒已經聽了好幾百遍，她耐著性子「嗯嗯啊啊」，等著她二伯來一句「你自己好好想想」然後被掛斷電話。

可沒想到她二伯今天一早訓完她，不知怎麼還多了個新論調：「小舒，你們年紀也不小了，這兩年準備準備，也該生個孩子了，生完你可以休養一兩年，三十之前還能生第二胎，也不耽誤事情。」

「……？」

季明舒怔了怔，萬萬沒想到這種時候她二伯還有心情想起小孩，還一下想到了第二胎，她硬是被哽得半晌沒說出話。

不過話說回來，她和岑森結婚都三年多了，還真沒想過孩子的問題，兩人好像也根本沒這意識，從結婚起便在安全措施上有著高度一致的默契。

至於家裡，大概是因為前兩年岑森去了澳洲，催也沒用，乾脆不催。

掛斷電話後，她在床上撐著下巴發了會兒呆，順著季如柏的思路想到了生男生女第一胎第二胎。

就這麼呆了近半個小時，她才想起要處理正事。

昨晚岑森安慰過後，她便抱著手機寫了一篇長文，可還沒發就直接睡著了。

這時事態有了變化，她清醒後回顧昨天的長文，也覺得很多地方不甚妥當，所以她又抱著手機刪刪改改了一會兒，還揪來谷開陽這和文字打交道的大編輯幫自己審閱。

上午十一點，季明舒發文——

「大家好，我是參與了《設計家》節目錄製的室內設計師季明舒。

我承認，在平時生活中，我不是一個脾氣很好的人，但我也不是一個會亂發脾氣的人。節目錄製共計五十三天，顏月星小姐是以何種工作態度參加節目，自己心裡最為清楚。

至於節目組的剪輯師，技術如此高超，不知年薪是否已達百萬？沒有達到的話或許可以考慮跳槽，我請你。

這是一個擁有比較多粉絲和擁有比較多發聲管道，就能占有更多話語權的自媒體高速發展時代。我想如果沒有一部分人的支持，不會有這麼多人關注我的動態，也不會有人在意節目錄製時的真實內容到底是什麼。但既然大家關注了，那我就必須為自己還原真相——《設計家》節目錄製與播出內容完全不符。

我原本以為《設計家》是一檔有想法、不隨波逐流的家居設計類節目，其初衷是讓設計走進生活，未料目的是讓熱度和金錢走進口袋。

事情沸沸揚揚演變至今，我深感遺憾，同時我也深以為，為博熱度不惜下限的藝人和節目組不應有如此廣闊的生存空間，這是給其他兢兢業業在娛樂產業第一線奮鬥、為好作品不懈努力的工作人員們最為響亮的一記耳光。最後，十分感謝為我發聲的朋友，謝謝你們。」

季明舒的長文發佈不到一分鐘，就有上百則留言，都是來自一直蹲守在她版面辱罵的顏月星粉絲，他們大概沒看內容，逮到就是一頓狂噴。

可隨著她的動態被搬運至各大論壇，被越來越多的人看到，底下的留言畫風也開始反轉：

【小姐姐不要生氣！我們支持你！】

【某家粉絲能不能消停點，像一群瘋狗似的到處亂吠！】

【感謝小姐姐對宴仔的照顧，嗯嘛。】

【果然反轉了！@設計家官方，蹲一個解釋。】

……

其實昨晚收到消息，《設計家》節目組那邊和顏月星那邊就主動撤下了所有熱搜和相關通用稿，還一直在試圖聯繫季明舒想要道歉和解。

尤其是顏月星那邊，悔得腸子都青了！

原本顏月星最近在談一個大製作的女二，這大製作自帶話題還有檔次，官宣過後，她根本就不用靠《設計家》這麼一檔家裝設計節目博熱度。

可不知怎地，原本只差簽合約一步，製作方忽然單方面地取消了合作，還說他們已經有了更合適的人選，甚至連個試妝照的熱度都不讓她蹭。

公司沒想到還有這麼一齣，早早便將顏月星將成為這部大製作女二號的事暗示給粉頭，粉頭又讓下面的小粉絲們舔了舔餅，於是大家嘴上說著「非官宣不約[6]」，粉群卻早已歡天喜地開始集資準備慶祝。誰又想得到，非官宣這事還真約不起了。

不只粉絲失望，顏月星為了這大製作也早早排出進組檔期，可突生變故，之前的一些準備都用不上了。團隊只好從《設計家》這檔寒假綜藝著手，彌補空窗期無曝光所帶來的損失。

至於選定惡剪季明舒這一方案，一則是《設計家》節目組願意配合；二則顏月星本人非

6 指非官方宣佈的消息，粉絲便不會承認。

常不爽季明舒；三則打壓素人的成本很低。

所以都沒怎麼深想，他們便和節目組敲定了這一波註定雙贏的合作，能吸多少新粉暫且另說，起碼能虐粉固粉提點熱度。

——如果他們踩著上位的素人不叫季明舒，那他們和節目組的合作也算是圓滿且成功了。

昨天晚上顏月星團隊忙了一宿，收效甚微。和節目組那邊的溝通也越發不暢，粉絲群也控不住場莫名失控。

小女生們很容易真情實感，像魔怔了般硬是認定顏月星受了欺負。團隊越制止他們就越氣憤，甚至還有人直接去罵了經紀人和公司官方社群帳號，罵他們這群草包不幹人事！我們家星星不能忍氣吞聲，你們不為星星出頭我們來為星星出頭！

就連顏月星親身上陣發動態說是誤會，粉絲也一口咬定她這是被公司脅迫，甚至從社群用戶端的不同，推測出顏月星的社群已經被髒心腸的經紀公司控制，這則動態其實不是她發的，也不是她的本意！

等到季明舒親自發聲，顏月星已經心如死灰，躺平等待去世了。

難怪她一直看重的那部戲忽然就斷了合作，那部戲的第一出品方叫君和影視，是華章控股旗下的全資影視投資公司，追根溯源，隸屬君逸飯店集團。

而合作中止的通知，就是在《設計家》殺青宴後的次日清晨傳來的。

想起殺青宴那夜陰晴不定的男人冷冷瞥她，而後又一言不發起身離場，之前那些不明白的事，終於都明白了。

※

另一邊，明水公館。

季明舒發完動態後沒有再看，不想影響自己的心情。

她只趴在床上翻閱通訊軟體，一一回覆傳來關心訊息的好友們。可一溜煙的未讀訊息回下來——竟然沒有一則屬於岑森。

不是……她善解人意歸善解人意，岑森這臭男人難道也是發自內心覺得安慰兩句就萬事大吉了？

她對著岑森的聊天介面，想要說點什麼，可又怕打擾到他工作，這麼一斟酌糾結……就不小心錯過了三分鐘前君逸集團官方帳號突如其來的詐屍補刀。

對，沒錯，君逸這種連老闆都散發著古墓派氣質的集團也是有社群帳號的，他們不僅有社群帳號還有通訊軟體官方帳號，推送內容都是「飯店發展蒸蒸日上」的畫風。

相比通訊軟體官方帳號，君逸的社群活躍度比較低，上一則還停留在去年三月分享的飯店業新機遇新聞。

這回突然詐屍，集團官方社群帳號連發三則。

第一則是轉發季明舒的長文動態，並附上「支持」二字，還有一個愛心。

第二則是標記《設計家》節目組的律師函通知，君逸將對節目組違反贊助商條款的內容進行究責。

最後一則的內容畫風比較清奇，竟是代季明舒發究責函——

君逸集團：【一、請《設計家》節目組立即下架各大網站的相關節目影片，停止對季明舒女士的二次傷害，並希望節目組盡快提供錄製時的原片素材，還原錄製真相。二、網路不是任何人散發惡意的庇護所，請惡意攻擊過季明舒女士的顏女士粉絲及路人立即向季女士道歉，以下律師函中包含的名單為初步整理，後續我們會擴大統計範圍，發函不是口頭警告，如未在相應時間內公開道歉，我們將不計成本，無限期追蹤究責。】

文字底下附上了公開發表過侮辱季明舒言論的社群用戶名單。

吃瓜群眾看到最後這則動態都有點一頭霧水，贊助商不是該支持節目組嗎？不支援節目組就算了，幫設計師發究責函算怎麼回事？

不少人聞風而來，在動態下問，集團官方社群帳號竟也開啟了線上回覆的模式。

路人乙：【不計成本無限期追蹤究責，這能讓人坐牢嗎？太認真了吧。】

君逸集團回覆：【沒想讓人坐牢，只要一個道歉。】

路人甲：【為什麼你們要發這個，這麼有正義感嗎？】

君逸集團回覆：【因為季女士是總裁夫人。】

✕

於是季明舒斟酌個訊息的功夫，又再次因君逸官方社群帳號的發言榮登熱搜了。

昨夜沒有及時吃上熱瓜的群眾從熱搜裡一邊啃新的知識點一邊補落後的舊課，紛紛表示學習的感覺真是令人身心愉悅。

還有娛樂八卦的官方帳號總結能力超強，將此次事件的前因後果梳理得圖文並茂，並取標題為——點擊就看霸道總裁線上寵妻！

如此吸睛的標題自然是博得了超高的點擊率和分享率，甚至還成為了年度吃瓜經典，不必多提。

與此同時，各大論壇的討論也五花八門展開——

有人扒出了季明舒曾兩度和知名華裔設計師克里斯．周合作秀場舞臺。

有人認認真真看了這兩期《設計家》節目，表示季明舒的設計作品還滿可圈可點。

當然更多的是截圖欣賞季明舒的美顏暴擊，還有拿她的截圖做貼圖動圖。

其中最紅的動圖就是季明舒指著地毯質問顏月星的那張，還有季明舒對顏月星不耐煩扭頭就走的那張。

文字內容則被替換成了「請你立即閉嘴」、「你個死敗家女」、「我和你這個傻逼無話可說」、「給你一秒鐘立馬滾出本總裁夫人的視線」等等。

下午，節目組和顏月星工作室前後腳發佈了道歉公告，節目組主動下架了相關節目影片，並表示會尊重錄製事實，重新剪輯後再上架。

有意思的是，節目組和顏月星團隊似乎沒有談攏。

節目組那邊認錯態度良好，剪輯相關的責任全都攬了下來。

但顏月星工作室這邊隻字不提「惡剪」，道歉也只針對粉絲網暴季明舒這件事，看起來就特別白蓮，好像所有事情他們毫不知情全是節目組自己幹的似的。

節目組可能是不忿，道歉後不聲不響在自家影片網站上線了三個影片。

這三個影片的時長加起來近兩小時，點進去看，赫然是無刪減版原始素材，沒有濾鏡，沒有美肌，還能看到現場正在收音。

【天，我以為節目播出時的對比就夠慘烈了，沒修過的對比簡直就是大小姐和她的醜丫鬟。】

【季明舒這顏值這皮膚這身材是真實存在的嗎？順便捧一波宴仔太帥了，十六歲為什麼這麼高？！】

【畫重點畫重點！影片一的三分十八秒到四分〇一秒季明舒講的話全被刪了，顏月星自己作妖竟然還能剪成季明舒亂發脾氣，RESPECT！】

【看未刪減我發現，季明舒和馮炎、裴西宴三個人好像都不理顏月星欸，他們三個都有商有量的。】

【裴西宴社群關注了季明舒和馮炎就是沒有關注顏月星，在剛出事的時候我就說了好多遍，可沒人理我！】

論壇大神們用倍速飛快地拉完影片，然後從冗長無聊的原始素材中整合出了一支重點剪輯。

誰也沒想到，這支剪輯影片會直接引爆全網！

「你要是不懂就少說話多做事，大學畢業了嗎？唱的歌是自己原創的嗎？你腦子裡對原創設計有沒有最基本的尊重？一個被時尚圈集體抵制無法進入內地市場的品牌死性不改轉手和傢俱商合作一塊破地毯還敢賣三萬二，重點是還有你這種半桶水晃蕩的人真情實感捧起來了？」

這一段有理有據狂懟顏月星卻沒被剪進正片的地毯之爭，在一下午的時間內被瘋狂分享，季明舒的粉絲幾乎是每秒都在成百上千地暴漲，她那則長文動態的留言畫風也陡變變成了——

【啊啊啊啊啊總裁夫人氣場全開我不行了！！！】

【總裁夫人吐槽出了我的心聲！那個醜地毯三萬二還有一堆網紅安利！！！】

【我單方面宣佈我戀愛了！夫人要出道嗎？！嗚嗚嗚我願意用我全部的零用錢送我們夫人C位出道！】

【看完這個原始素材我覺得節目組有毛病，惡剪季女士捧顏女士？！很明顯捧季女士節目就紅了啊！】

季明舒：「……」

她特別好奇君逸官方帳號到底是誰發的，一口一個季女士，搞得現在到處都有人叫她季女士。拜託，她只是個永遠只有十八歲的小仙女好嗎？季女士聽著也太像一臉嚴肅讓全體學生瑟瑟發抖的訓導主任了。

她在姐妹群組裡吐槽這件事。

谷開陽：【？？？】

谷開陽：【姐妹你的重點真的跑很偏。】

蔣純：【顏月星還被叫顏女士呢，她比你小多了，你可不吃虧。】

季明舒：【請鵝閉嘴，謝謝。】

蔣純：【紅了就翻臉不認人，我看透你了季氏舒舒！】

隨後蔣純又對她進行了一波貼圖攻擊，這回用的還是她的貼圖，靜態到動態都有。

季明舒有點承受不住，直接關掉手機往床上一癱。

事已至此，這場鬧劇算是塵埃落定了。季明舒要的公道討回來了，還莫名被附贈了一波關注度。

不得不承認，如今網路輿論的力量真的很強大，而且這輿論瞬息萬變，誰也不知道下一秒會發生什麼，就像季明舒從來沒想過，原始影片一放出來，她竟然會莫名進入圈粉模式。

說句欠揍的話，被迫成為公眾人物的感覺真的有點小奇怪，她這一時半會的也不知道該如何應對，索性也就懶得去應對了。

她翻了個身，打算繼續補眠。

不過補了沒三分鐘，她忽然又撈起手機攻擊岑森。

季明舒：【大豬頭。】

季明舒：【我紅了。】

季明舒：【我們分手吧。】

季明舒：【當然如果你能從巴黎帶點禮物回來，我可以酌情和你再生活一段時間。】

等了五分鐘岑森那邊也沒有回應，現在巴黎應該是上午，不可能沒起床，那就是在談公事？想到這，季明舒也沒再等，手機一蓋，心安理得地進入了夢鄉。

✕

季明舒醒來時天色已經暗了，她雙目無神，邊打呵欠邊想今晚吃什麼。

家裡只有她一個人，睡覺的時候她也就沒關房門，這時她耳朵很尖地聽到樓下傳來了窸窸窣窣的響動，似乎還有腳步聲。

她下意識便想到了他們家請的阿姨。

可不對，他們家阿姨雖然也住在家裡，但保姆房、司機房和戶主區並不相通，得直接從別墅的後面進來，而且家中有人的時候，沒打電話阿姨是絕對不會進來的。

季明舒呼不知想到什麼，很快醒了瞌睡，匆匆下床往外走，某種猜測也在心裡呼之欲出。她壓抑著，不敢讓自己那隱密的期待變得太過強烈。

可站在樓梯欄杆處，看見在樓下換鞋解領帶、真真實實存在的岑森，她好像還是被一種巨大的幸福感砸中了。

岑森剛剛到家，聽到動靜，略略抬眼。

連續運轉了四十八小時的疲憊似乎在對上季明舒視線的那一瞬，頃刻消散。

冬日夕陽一束一束，從南面四格窗低低地投射進來，落在他身上。他換完鞋便倚著門，剛好倚在半明半昧的光線交界處，全身還縈繞著一股睏倦的氣息。

可他抬眼看著季明舒，忽然清淺地扯了下唇，又稍稍張開雙臂，做出一個擁抱的動作。

天光似乎在某一剎忽然變亮，季明舒沒有半刻遲疑，光著腳便從樓上跑了下去。

不知怎地，往下跑的時候她腦海中不受控制回想起了很多國高中時的場景。

紅色PU跑道。磚色教學大樓。藍黑色校服。

十幾歲時的天空清澈透藍，好像比現在明亮，草坪也是嫩綠。大抵年輕，回憶起來總是自動帶上了鮮活的光暈。

而那時的岑森也是清朗又疏淡的，他總是離她很遠很遠。偶爾撞見，她也會不屑一顧與之擦身。可在每一次不屑一顧過後，她好像都會不自覺地回頭，看一眼男生清雋挺拔的背影。

時隔多年，她終於可以如願以償又光明正大地投入那個男生懷裡。

其實季明舒從樓上朝他飛奔而來的那一幕，後來岑森也總是想起。

煙粉色睡裙、如瀑黑髮，還有她眼裡閃動的星星。那一刻他好像終於可以確信，自己對季明舒的感情，不僅僅是喜歡而已。

她身上有山茶身體乳的淺淡清香，他閉眼伏在她頸窩處，任自己沉溺在她氣息之中，不想掙脫。

✕

冬日黃昏那個小別後的擁抱大概持續了一分鐘，抱好了季明舒也不肯撒手，只往下抵著他胸膛低低地問：「你怎麼回來了，合作談好了嗎？」

岑森低低地「嗯」了聲，「談好了。」

季明舒又抱他抱得更緊了些，本來想問問他累不累，要不要休息一會兒，可話到嘴邊又不經思考地莫名變成了撒嬌，「你為什麼不抱著我轉圈圈，電視劇都是要抱著轉圈圈的。」

不等岑森開口，她又小聲叨叨道：「算了，你也是個快三十的老男人了，沒什麼力氣，大概也抱不起……啊！！！」

季明舒話音未落，便毫無防備地突然騰空，她下意識摟著岑森脖頸，屋內景物在四周旋轉。

「好……好了好了，快放我下來！」

她鬧得挺凶，身體素質卻很不行，三兩下就被轉暈了。最後落地時她踩著岑森腳背還一直往後仰，得虧岑森摟住她才沒摔跤。

季明舒正緩著頭暈，岑森趁她不注意忽然發問：「下飛機才看到你的訊息，沒有帶禮物給你，怎麼辦。」

季明舒還有點眼冒金星，一句「沒事」都到了嘴邊，又在說出口的前一刻倏而清醒。

「那還能怎麼辦，分手吧。」她超小聲挑釁，還伸出根手指戳著岑森胸膛。

岑森眼眸暗了暗，聲音沉啞，略沙，「不過我也是從巴黎回來的，你收下我這份禮物，怎麼樣。」

季明舒：「……」

嗚嗚嗚，這麼會的岑氏森森是真實存在的嗎？！！

最終，季明舒還是面上勉為其難、內心羞怯歡喜地收下了岑森這份不遠千里、自送上門的禮物。

晚上十點多，兩人躺在床上，岑森幫季明舒撥開碎髮，清淨的眼瞳望向她，聲音是一貫低沉，似乎帶一點點笑意，「體力不行，多鍛煉。」

季明舒想都沒想就在他臉上捏了一把，然後又按住他的臉往外推了推，「你煩死了！」七分害羞三分撒嬌，就是沒有字面意義上的討厭。

其實季明舒知道自己體力不好，但並不知道岑森的體力竟然能好到一次次突破她的想像。

他昨晚才到巴黎，今天傍晚便已歸家，期間還和投資方談了個合作，就算前前後後有人接送，還在飛機上補了眠，這不作停留的來回奔波都是極耗體力的。她還以為送禮過程估計就意思意思來個二三十分鐘，沒想到太小看他了。

休息了會，季明舒去浴室洗澡，浴池裡溫水潺潺，季明舒洗好頭髮後，岑森用梳子幫她順了順，而後又擰乾水分幫她戴乾髮帽。

這些事情岑森以前沒做過，這時也是季明舒指點一步才做一步，動作略顯生疏。好在季明舒並不介意，她伸手塞了塞漏在外頭的濕髮，眼角餘光往後瞥，還忍不住偷偷揚了揚唇角。

季明舒晚上沒吃飯，深夜體力耗盡，更是饑餓。

洗完澡後，岑森用冰箱裡剩餘的食材煮了兩碗番茄雞蛋麵，還將最後幾片午餐肉都給了她。

填飽肚子後，季明舒也難得賢良淑德了一回，沒再指使他幹這個幹那個，只躺在床上跟他講這兩天發生的糟心事。

其實岑森已經從周佳恆那聽過具體且詳細的及時匯報，但周佳恆的匯報裡，顯然不會包含季明舒作為被辱罵方的主觀感受。

聽她時而生氣時而好笑的絮叨，岑森忽然偏頭，認真說了句：「對不起。」

屋裡窗簾是拉開的，落地窗外的冬日夜空中，天色墨黑如洗，還難得綴有幾顆安靜的星子。

岑森將她攬至懷中，修長指節從她的柔軟長髮中穿過，聲音似是被髮梢未吹乾的濕潤浸染，比平時多了幾分溫柔，「這次讓你受委屈了。我保證，不會有下一次。」

季明舒忽而鼻頭一酸，雖然比起「對不起」，她更想聽到岑森說一句「我喜歡你」，但這句「對不起」，也一瞬勾起了她壓在心底的委屈情緒。

昨夜如墜冰窖般的驚懼齒冷，並不是一覺醒來就能全然忘卻的。

她不是明星不是網紅，不需要依靠粉絲網友的喜歡來賺錢生活，也沒有做過什麼傷天害理不可饒恕的壞事，那又憑什麼要求她有一顆強大的心臟來面對他人無端的謾罵詛咒。

她才不要順勢說什麼「我沒事」、「我很好」、「我不怪你」，明明就是他的錯！

想到這，季明舒在他脖頸上狠狠咬了一口，然後順著他的話理直氣壯道：「我真的太委屈了！那三十八線的小粉絲還幫我P遺照呢！你知道那遺照P得有多難看嗎？哦那小粉絲還滿注意邏輯，可能覺著我這麼年紀輕輕死不了，還幫遺照上的我P了皺紋和白頭髮！氣死我了！說起來都怪你！你就是典型的認錯態度良好但是堅決不改，不行，你今天必須補償我！」

岑森想都沒想便應：「好，補償。」

季明舒不依不饒，「你準備怎麼補償？我現在就要方案，快快快，別想蒙混過關！」

岑森想了會兒，「幫你開個室設工作室好嗎。」

「……你是人嗎？補償就是讓我全身心地投入工作賺錢養家？」季明舒不可置信地問，並且十分懷疑自己是不是之前獨立人設尬過頭了，岑森現在誤以為她很想當女強人？

岑森稍頓，又想了半晌，「那買個島給你怎麼樣，買一個……可以看到極光的。」

前段時間，他和南灣專案另一位投資人常先生又見了回面，常先生慣常將妻兒掛在嘴邊，還說起自己最近在國外幫妻兒買了個私人島嶼，他打算在島上建一棟別墅，然後找專人定期維護沙灘，以後過去度假想必十分清淨愜意。

常先生還說，如果他有需要，自己可以介紹穩妥的仲介，有的島海水品質很不錯，偏北的那些還能看到銀河極光。

當時他便有片刻意動，後來事情太多，一時也沒記起。現下提起這一補償，他也不確定季明舒會不會滿意。

誠然，並不是所有女人都會被金錢珠寶、遊艇飛機、私人海島這些物質上的極奢追求蒙蔽雙眼，但季明舒會。

她沒有片刻猶豫就開開心心地應聲說「好」，且態度陡然來了個一百八十度大轉變。

剛剛她氣勢洶洶就差懟上岑森的臉，這時又溫柔體貼地靠進岑森懷裡幫他捏肩，眼睛亮晶晶的，還不忘興奮追問這島具體位置在哪，面積多大，能不能自主命名，產權期限多久，方不方便開 party，能看極光豈不是很冷……

岑森也是個辦事效率極高的人，見季明舒有興趣，便聯繫周佳恆讓他去辦。

周佳恆連續兩回辦錯事，回國也還沒聽到岑森要怎麼處理他，正提心吊膽著這飯碗還能不能保得住。

這時工作來了，周佳恆陡然振奮，一個冷顫便從被窩裡爬了出來，鞋都沒穿，兩眼發光坐在電腦前，不停打電話和人聯繫。

畢竟職場如戰場，別看平日他寸步不離跟著岑森儼然總裁身邊第一心腹，其實崗位競爭特別激烈，總助辦公室那麼多助理虎視眈眈，都巴不得他早點倒臺自己好上位呢！

想到馬上就將擁有自己的小島，季明舒笑咪咪的，第一時間就跑進群組通知了蔣純和谷開陽，並要她們以後尊稱自己為「極光島主」。

兩人難得有默契，同時發出了「神經」二字。

蔣純還怨念道：【你能不能看看幾點了，擾人清夢你會被浸豬籠的。】

季明舒：【還沒十二點呢睡什麼睡，吃飽睡睡飽吃，叫你鵝真的是辱鵝了，幫你自己準備準備豬籠吧。】

季明舒全神貫注打字，聊個天也擺出了打遊戲拿一血的架勢，岑森插不上話，便看了眼自己手機。

這個時間，他們玩伴群組還很活躍，江徹正在問快過年了，送什麼東西能討他女朋友開心。

岑森：【珠寶、遊艇、海島。】

他剛哄人成功，好心傳授經驗。

可江徹並不領情。

江徹：【你怎麼這麼庸俗，能不能有點新意。】

舒揚：【？】

舒揚：【我就喜歡森哥這樣的庸俗。】

趙洋：【這得看女人類型，就像我們平時做手術似的，怎麼能一概而論呢。這招哄小舒可能好使，小魷魚這種肯定不行，小魷魚這種有點小倔強的女生呢，你不能談錢，也用不著談新意，得談心意，我說的沒錯吧，江總？】

江徹：【嗯。】

江徹：【以前還沒交往的時候送她一條項鍊，她覺得我在羞辱她。】

岑森：【……】

他放下手機看了眼正在快樂分享自己島主身分的季明舒，忽然覺得自己運氣還滿不錯。

他沉吟片刻，又替周佳恆另外安排了一項工作，讓他沒事的時候多搜羅點貴且稀有的東西，以備不時之需。

周佳恆渾身散發著「工作使我快樂」的人性光輝，連聲應好，順手將自己前兩天聽來的「小行星命名權」寫進了貴且稀有備忘錄。

⤫

轉眼便至小年，平城隆冬，大雪越盛。

這時節的平城古建築紅牆白雪，古意盎然。季明舒不愛湊那拍照的熱鬧，和岑老爺子、岑老太太還有岑森一起，去郊區岑遠朝養病的園子住了兩天。

岑森也不知道辦錯了什麼事，這兩天都被岑遠朝提著訓話，而且一訓就是半小時起步，聲音大得她站在賞雪迴廊裡自拍都能聽見。

岑森現在是她心上人，被這樣訓怎麼樣也是有點小心疼的。她裝聾作啞，時不時在岑遠朝發飆發得正上頭的時候進去送個冰糖雪梨、銀耳燕窩。

岑遠朝面色不虞，到底不好對她這媳婦發火，每至這時便揮揮手，讓他倆一塊出去少在這現眼！

季明舒小聲問：「你幹什麼了，爸怎麼那麼生氣。」

「沒事。」岑森神色如常，還幫她摘了頭上沾染的雪花，「工作上的事情。」

季明舒當然知道是工作上的事情，不然他也不會臨近過年了還天天去公司，回家也電話不停，電腦開著從沒關過。

其實以前季明舒是不大關心岑森工作的，反正關心了也聽不懂。而且她從大學畢業起就經常聽家裡人和外人誇岑森工作能力多麼強，他多麼有野心有魄力有手段……所以她也一直默認，岑森在工作這一塊是萬能且沒有敵手的。

只不過現在看來，好像並非如此。

傍晚，岑森還沒回來，季明舒在房裡幫岑季兩家的長輩晚輩準備新年禮物，她正打算去問問岑老太太，岑迎霜和科研團隊一起去德國調查研究了還會不會回來過年，可還沒走到岑老太太房間，她就聽見岑遠朝和岑老爺子在書房說話。

岑遠朝身體不好，不刻意提起精神，聲音總有些虛。

「……談都談好了，竟然不等簽完合約再回來，硬是讓阿楊截了道胡，我現在真的搞不懂這孩子在想什麼！」

岑老爺子倒溫和，「阿森這孩子有分寸，你用不著擔心他。」

岑遠朝沉默，似乎是嘆了口氣，「擔心也沒用，他主意太大，我現在也管不了他了。」

在岑遠朝眼裡，季明舒這媳婦上節目上熱搜，都是些小孩子玩鬧的小事，訊息爆炸的時代，什麼新聞都不過爾爾。

他壓根就沒往岑森會因為這麼點小事，連合作都沒談到百分百穩妥就徑直回國這方面想，岑森在他眼中也根本就不是這種會頭腦發熱，分不清輕重緩急的人。

所以他對岑森此次行徑頗為不解。

偏偏岑森年紀越長越不願對他多加解釋。

其實季明舒也覺得岑森不是這種人，但這次岑森連夜趕回，好像的的確確就是為了她這麼點小事。

雖然他趕回來的時候網路輿論風向已經轉變，但他不是也身體力行慰問了她受傷的心靈還送了個能看極光的島嗎。

季明舒略略走神的這一下子，書房裡頭的談話已經換了和岑森無關的話題。她屏住呼吸，輕手輕腳走開。

一路回到房間，季明舒都有些心不在焉。在書桌前坐著發了會兒呆，她又推開半扇漏明窗賞雪。

隆冬落雪如鵝毛般綿密厚重，隔著半丈迴廊狹彎，清冷的風往裡灌。她雙手托腮，不知在想什麼，思緒好像游離得很遠很遠。

⨯

「……博瑞的資產重組最快也得到年後才能完成，上半年能不能回A股很難說，重組股改結束他們和海川的關係也未必能比現在親密，不是還有幾家有協同效應的企業有意注資嗎？」

「說是這樣說，但海川和他們不親密難道能和我們這邊親密？他們能截胡這回的投資，那基本上和我們這邊是沒有合作可能的，即便有合作意向，那獅子大開口的可能性也很高。」另一人如是反駁。

南灣開發公司總部設在季氏大廈第十一層。

法籍華裔文森特的專案投資被岑楊任職的海川資本截胡，準備用於博瑞重組後的新能源業務開發，南灣二期環島交流道的建設資金預算因此缺了一個大窟窿。接連幾天，相關項目的負責人都匯聚於此與會商討。

南灣二期的環島交流道建設倒也不是沒有A計畫和備用的B計畫，只是相比於成功拿下這筆投資就能順利執行的A計畫，其餘方案都不是最優解。

而且錢中擠錢，少不得對在座各位有些牽一發動全身的利益影響。這幾天的博弈，主要也是圍繞剩餘方案的利益分配展開。

其實南灣的發展前景和回報潛力比博瑞的新能源專案高出不只一個層次，但相比投資週期和短期報酬率，後者又有明顯優勢。

有人提議與海川資本交涉合作，但岑季兩家與會的負責人似乎都並不贊成此種想法。——他們對海川資本大中華區的負責人再熟悉不過，能有今日一事，本就是岑楊故意為之，又何須多談「合作」二字。

會議結束，岑森看了眼時間，還打算回君逸簽幾份年前要下發的文件。

可周佳恆忽然在身後半步以外的地方喊了他一聲：「老闆，有電話。」

岑森頓步，略略回頭。

周佳恆上前將手機遞至岑森手中，而後又不動聲色退回原位，輕咳一聲道：「是海川的……岑楊先生。」

岑森垂眸看向來電顯示，神色平淡地按下了接聽。

電話那頭岑楊沒有含蓄招呼，開門見山直接道：「快要過年了，我幫爺爺奶奶還有爸媽小舒都準備一些禮物，過兩天送去南橋西巷，希望岑總不要介意。」

岑森沒有應聲。

「不過岑總現在好像也沒心情介意，文森特那邊的事情，真是抱歉。」

岑楊的聲音清朗溫潤，有些話用他那把敲金擊玉的嗓音說出來，總會讓人感到迷惑，好像很難分清是諷刺還是真抱歉。

「南橋西巷就不必了，你直接送到陵園吧，都給媽。」岑森說話的語調很隨意，就像在討論明天天氣，隨後還略帶譏嘲地附贈了句：「多謝了，安楊先生。」

周佳恆最近求生欲爆棚，這時坐在副駕也不忘默默記下新知識：以後不能叫岑楊，得叫安楊。對，岑總都叫他安楊。

岑森說完這句之後，電話那頭沉默了半晌，也不知是「送到陵園」勾起了他的回憶還是「安楊」這名字刺痛到了他。

岑森也不甚在意，只補了句：「原本我以為，你還不至於拿女人開刀，真是高估你了。」

他的聲音越往後越涼，尾調淺淺往上勾著，含了十足的輕視和冷淡。未待岑楊應聲，他又俐落掛斷了電話。

在商場征戰的人不會覺得任何事情是意外偶然，文森特那邊突生變故的第一時間，岑森就已查清岑楊從中動的手腳。

季明舒被惡意剪輯的事情，表面看就是顏月星和節目組合作挑了個好日子作了個大死。但早前季明舒和岑楊見面，便不經意提過自己參加節目時發生的一些事，這其中就包括她錄製時節目組的偶爾慢待還有和顏月星之間發生的不愉快。

岑楊是有心人，順著她那些不經意提及的事情往深處查了查。節目播出前，又用了點手段在裡頭推波助瀾。最後節目組和顏月星分鍋分得明明白白，他了無痕跡，手也乾乾淨淨。

其實岑楊的本意不過是讓季明舒和岑森再鬧一場，和岑遠朝一樣，並沒想過岑森會因此事提前回國。但岑森親手將失誤奉上，他沒有不撿的道理。

他從未想過回到岑家，也沒有想從岑家再得到什麼，但岑家這樣冷血的地方，不配得到片刻寧靜，永遠也不配。

從那年岑森的有你沒我開始；從那年岑遠朝不給半句解釋送他離開開始；從岑遠朝知道他骨子裡流的不是岑家血脈就不願意出手相救開始。

他曾經有多愛這一家人，後來就有多恨。

岑楊的禮物最後是送到了陵園還是送到了南橋西巷岑森並不關心，反正季明舒沒有收到就好。

×

除夕之前，岑森和季明舒從郊區別院回到明水公館。

只不過岑森仍是日日忙碌，季明舒幾次三番想要問他項目投資被岑楊截胡的事情，可不是他忽然接到電話被打斷，就是她自己莫名一縮轉移了話題。

因為不管從哪個角度對他發問，最後好像都逃不過一句——你為什麼要這麼做。

明明是可以全部處理完再回來的……如果岑森是為了她一時衝動，她好像會有點愧疚。那岑森如果是另有安排並不是為了她一時衝動，她好像也並不會為這答案而感到高興。所以她很糾結，繞來繞去的，一直沒問出口。

×

過年這時，不少在國外發展的年輕人都會撥冗回到帝都，平城比往日越顯熱鬧，聚會一場一場接連不斷。

臘月二十九剛好是薇薇安生日，季明舒和蔣純都帶了禮物去參加生日聚會。

薇薇安這小女生熱衷追星，早十年就幹過撒謊蹺課讓司機送自己去機場為韓國歐巴接機的壯舉，這幾年國內國外也追了個遍，還很跨界，畫家、鋼琴家、運動員都追。若非客觀條件限制，她恐怕在中外之餘，還能追上古今。

這就導致生日聚會現場特別混搭，一會兒來個搖滾歌手嗨首歌，一會兒又來了個鋼琴家演奏世界名曲，還有男團跳舞，運動員表演花式足球什麼的，現場熱鬧且分裂。

見季明舒心不在焉，蔣純邊吃小蛋糕邊問：「你怎麼了你。」

季明舒托著腮，嘆了口氣，又無精打采道：「沒怎麼了。」

蔣純隨口猜測道：「你不會是懷孕了吧你。」

「你胡說八道什麼……」季明舒用一種看智障的眼神看了她一眼。

蔣純還覺得自己的猜測很有道理，拿她最近懷孕的小表嫂各種食欲不振精神懨懨的表現和季明舒舉例。

季明舒及時叫停，轉移話題道：「等等，先不說這個。我問你一件事，就是，你平時有沒有幫唐之洲準備過什麼禮物，就比如說你做了對不起唐之洲的事，唐之洲比較辛苦比較累的時候，你會給他送點什麼或者是安慰點什麼……」

「我能做什麼對不起唐之洲的事？不是，你該不會做了什麼對不起岑森的事吧？你出軌了？和你那個青梅竹馬的小哥哥？」蔣純喋喋不休，眼睛瞪圓，蛋糕都糊到嘴邊了自己都不知道。

季明舒閉了閉眼，隨即抄起一張衛生紙蓋住蔣純的臉，又揮揮手，示意這隻和自己根本就不在同一個頻率上的小土鵝現在立刻馬上進入靜音狀態——讓她安靜一會兒。

蔣純是靜音了，但現場的混搭表演不會靜音。見不少人都對著舞臺錄影，季明舒不知怎麼想的，也掏出手機錄了幾支短影片傳給岑森。

傳完她還斟酌文字。

季明舒：【我在參加朋友的生日聚會，你在公司是不是很辛苦呀，要不要看看表演輕鬆一下？】

沒一會兒，岑森回了則給她：【表演尺度有待收緊。】

她回看自己錄的影片，噢，原來剛好錄到了男明星撩衣服。

季明舒：【我這邊等一下切了蛋糕就能走，你在公司吧？要不要我帶塊蛋糕給你？或者你想吃什麼別的，附近有家煲湯的店，我來的時候從車裡看到還開著呢。】

聊天介面底部幾次顯示「對方正在輸入中」，可始終沒有內容傳過來，季明舒有點不解。

岑森比她更不解。成年男人，最怕的大概就是老婆突如其來的關心。

他想了半晌，最終斟酌著回覆道：【想買的東西超出額度了？】

——《不二之臣（中）》完

高寶書版集團
gobooks.com.tw

YH 106
不二之臣（中）
作　　者　不止是顆菜
責任編輯　陳柔含
封面設計　陳采瑩
內頁排版　賴姵均
企　　劃　何嘉雯

發 行 人　朱凱蕾
出　　版　英屬維京群島商高寶國際有限公司台灣分公司
　　　　　Global Group Holdings, Ltd.
地　　址　台北市內湖區洲子街88號3樓
網　　址　gobooks.com.tw
電　　話　(02) 27992788
電　　郵　readers@gobooks.com.tw（讀者服務部）
傳　　真　出版部(02) 27990909　行銷部 (02) 27993088
郵政劃撥　19394552
戶　　名　英屬維京群島商高寶國際有限公司台灣分公司
發　　行　英屬維京群島商高寶國際有限公司台灣分公司
初　　版　2022年10月

本著作物《不二之臣》，作者：不止是顆菜，由北京晉江原創網絡科技有限公司授權出版。

國家圖書館出版品預行編目(CIP)資料

不二之臣（中）/不止是顆菜著. -- 初版. -- 臺北市
: 英屬維京群島商高寶國際有限公司臺灣分公司,
2022.10
　冊；　公分. --

ISBN 978-986-506-523-2(中冊：平裝).

857.7　　111013186

凡本著作任何圖片、文字及其他內容，
未經本公司同意授權者，
均不得擅自重製、仿製或以其他方法加以侵害，
如一經查獲，必定追究到底，絕不寬貸。
版權所有　翻印必究

GOBOOKS
& SITAK
GROUP©